KB057292

적당히
가까운 사이

적당히 가까운 사이

2020년 06월 22일 초판 01쇄 발행
2022년 11월 22일 초판 17쇄 발행

글·그림 댄싱스네일

발행인 이규상 편집인 임현숙
편집팀장 김은영 편집팀 문지연 이은영 강정민 정윤정 고은솔
디자인팀 최희민 권지혜 두형주 마케팅팀 이성수 김별 강소희 이채영 김희진
경영관리팀 강현덕 김하나 이순복

펴낸곳 (주)백도씨
출판등록 제2012-000170호(2007년 6월 22일)
주소 03044 서울시 종로구 효자로7길 23, 3층(통의동 7-33)
전화 02 3443 0311(편집) 02 3012 0117(마케팅) 팩스 02 3012 3010
이메일 book@100doci.com(편집·원고 투고) valva@100doci.com(유통·사업 제휴)
포스트 post.naver.com/h_bird 블로그 blog.naver.com/h_bird
인스타그램 @100doci

ISBN 978-89-6833-264-7 03810
ⓒ댄싱스네일, 2020, Printed in Korea

글·그림
댄싱스네일

적당히
가까운 사이

허밍버드
Hummingbird

어릴 때부터 무리에 섞이는 게 힘들었다. 학교에 가면 물 같은 친구들 사이에서 작은 기름방울이 되어 혼자 떠다니는 것 같았다. 어른이 되면 인간관계가 저절로 쉬워지는 줄 알았는데, 웬걸. 신경 쓰고 알아야 할 게 더 늘어날 뿐 쉬워지지 않는다. 문자를 주고받을 때 마지막 인사를 어느 타이밍에 끊어야 될까? 업무 이야기를 하다가 이모티콘을 보내도 되는 걸까? 1~2년에 한 번 연락하는 친구의 결혼식에 가야 할까? 부조금은 얼마가 적당할까? 같은 고민이 새로 생겼다.
이런 생각으로 머릿속이 꽉 차면 크레파스로 이미 가득 칠해진 도화지를 계속 덧칠하는 기분이 든다. 이런저런 일에 치여 지쳐 있을 때는 특히 사람이 더 싫어져 일주일 정도는 사람과 아예 말을 하고 싶지가 않다. 관계 에너지가 소진되었다는 신호다. 인간관계 디톡스가 절실한 때다.

다들 조금씩은 그런 걸까. 사람보다 고양이, 강아지(혹은 식물이나 무생물) '덕질'이 압도적으로 환영받는 요즘의 세태도 이와 맞닿아 있는 건 아닌가 싶다. 그럼에도 불구하고 세상을 혼자 살아갈 수 있는 척하는 내가 실은 얼마나 나약하고 타인 의존적인 존재인지를 늘 마주하게 되니 모순이다. 연예인

의 사망 기사나 지인의 결혼식 같은 일이 내 마음에 잔물결 혹
은 파도를 일게 한다. 사람은 주변인의 인생, 심지어는 생전 얼
굴 한 번 본 적 없는 누군가의 소식과 전혀 무관하게 살아갈 수
없다.

하지만 그렇게 사람을 힘들어하면서도 오직 인간관계에서만 얻
을 수 있는 만족감을 늘 갈구한다. 그래서 사람을 만날 때 지치
지 않고 내 생활과의 균형을 유지하기 위해 나에게 맞는 인간관
계 대처법을 몇 가지 지키고 있다. 작년부터 이어 오고 있는 규
칙 중 하나는 '싫은 사람을 의무감으로 만나지 않는 것'이다. 쉽
게 들리지만 막상 하려고 하면 고려할 게 많다. 어느 정도 싫은
사람까지 선을 그을지, 어디까지가 의무감인지 기준을 찾는 게
의외로 어렵다. 이것저것 다 싫다고 쳐내다 외골수가 되는 것
아닌가 불안하기도 하다. 하지만 그럴수록 내 마음에 최대한 귀
기울이려 한다.

스트레스가 많은 시대라 그런지 몇 년째 '소확행'이 유행이다.
하지만 스트레스 상황을 받아들이고 난 뒤 해소법을 찾는 것보
다 애초에 싫어하는 것을 하지 않으려고 노력하는 게 마음을 편
안하게 하는 데에 훨씬 효과적이라는 것을 깨달았다. 그 노력

의 일환으로 내 정신 건강에 조금이라도 부정적 영향을 주는 관계는 적당한 선에서 끊어 내는 '관계 미니멀리즘'을 시도하고 있다. 모두에게 좋은 사람이 될 생각은 없다. 내 마음이 편하다면 남들이 내리는 평가를 신경 쓰지 않기로 했다. 이미 인생의 대부분을 지나치게 타인의 눈치를 보고 부서진 자존감을 회복하는 데 할애하며 살아왔기 때문에 남은 인생은 더는 그렇게 살고 싶지 않다.

이제는 착한 사람도, 인기 있는 사람도 되고 싶지 않다. 그보다는 내 기준에서 더 행복하고 편안한 삶을 사는 것에 에너지를 집중하고 싶다. 하고 싶은 일, 만나고 싶은 사람, 쓰고 싶은 글, 그리고 싶은 그림을 더 중시하면서. 해야 하는 일, 만나야 하는 사람, 써야 하는 글, 그려야 하는 그림에 들이는 시간을 최소화하는 게 나에게 더 맞는 삶인 것 같다.

물을 많이 마시는 게 다이어트에 좋다는 이야기를 듣고 하루에 2L씩 물을 마시다가 손에 습진이 왔다는 지인의 이야기를 들었다. 병원에 가서 발병 원인을 물으니 안 마시던 물을 갑자기 너무 많이 마셔서 물이 몸 밖으로 나온 걸 수도 있다고 했단다. 인간 가습기가 됐던 거냐며 한바탕 웃고 떠들었지만 이내 큰 깨달

음을 얻었다. 남들이 다 좋다고 말하는 게 나한테도 꼭 좋은 건
아닐 수 있구나.

사람에 따라, 상황에 따라 편안할 수 있는 관계의 종류와 너비
는 다르다. 어떤 관계에서 물 흐르듯 섞이지 못한다면 기름방울
인 채로 살면 되는 것이다. 나를 바꿔 가면서까지 그 무리에 섞
이는 데 애쓰지 않을 생각이다. 만나야 하는 사람보다 만나고
싶은 사람을 한 번 더 보며 살고 싶다.

적당히 가까운 거리에서, 그다지 살갑지는 못한 나를 이해해 주
고 옆에 있어 주는 나의 가족, 친구들, 지인들에게 진심으로 고
맙다는 말을 전하고 싶다.

2020년 06월
댄싱스네일

차례

2부 모두와 잘 지내지 않아도 괜찮아

∨

3부 사람에게는 늘 사람이 필요해

∨

∨

1부

너무
가깝지도
멀지도
않게

세계의 침범

∨

아무리 좋은 말도

상대가 원치 않을 때 그 공간을 침범한다면

군더더기가 될 뿐이다.

아, 그래요?

오지랖

좋은 조언은 반드시
상대가 먼저 구할 때라야만 완성된다.

오지랖 안 사요~

TRASH

∨

사람은 정체성과 독립성을 잃지 않기 위해 온전히 자신에게
집중할 수 있는 자율적인 공간이 필요하다. 이를 독일말로 '슈
필라움(Spielraum)'이라고 부른다. 그런데 우리말에는 슈필라
움의 의미를 정확하게 전달할 수 있는 단어가 없다고 한다. 개
념이 없다면 그 개념에 해당하는 현상도 존재하지 않는다(김정
운, 《바닷가 작업실에서는 전혀 다른 시간이 흐른다》, 21세기북스,
2019).

그래서일까. 개인 공간의 중요성을 다소 경시하는 우리 문화
에서는 유독 일상에서 이를 침해하는 일이 잦은 듯하다. 대중
교통을 이용하면서 옆 사람을 아랑곳하지 않고 다리를 쩍쩍
벌리고 앉는다거나, 사방으로 타인을 밀치고 다니는 행동을
크게 무례로 느끼지 않는 경우가 많다. 이런 사회에서는 타인
의 심리적 공간 침해에 대한 경계도 낮을 수밖에 없다.

만약 지인이 내 집에 놀러 와서 묻지도 않고 냉장고를 마구 뒤
적거리고 안방 문을 확확 열어젖힌다면, 그 순간 그의 방문은
침범이 될 것이다. 일상에서 물리적인 안전 공간을 침범당했
을 때의 이런 불편감을 마음에 대입해서 생각해 보자. 내 생각
을 타인에게 강요하는 일 역시 그의 정신세계, 즉 마음의 공간
을 침범하는 격이다. 그게 아무리 상대를 걱정해서 하는 소리

라도 말이다.

타인의 공간을 함부로 침범하지 말아야 하는 것처럼 사람의 마음을 침범하는 말과 행동 역시 조심해야 한다. 조언은 타이밍이다. 상대가 먼저 요청하지 않았다면 아무리 피가 되고 살이 되는 인생의 진리일지언정 말해 주지 않아도 괜찮다.

'그러려니'와 '아님 말고'

⌄

세상만사 내 마음 같기만 한 일은 좀처럼 없고

사람에게 실망하기도 지쳐 갈 때쯤에는

이상한
사람

이 또라이 또한 지나가리...

'그러려니'와 '아님 말고' 정신이 필요하다.

∨

내 마음 같지만은 않은 사람들에게 실망하기가 부지기수. 물론 이게 나에게만 일어나는 특별한 일이 아니라는 건 알고 있다. 그럼에도 하루가 멀다 하고 뉴스와 SNS에서 들리는 인류애를 소멸시킬 만한 무거운 소식에 치이다 보면 급기야 사람이 싫어지는 순간을 맞닥뜨리게 된다. 일종의 인간 알레르기가 생기는 느낌이라고 할까.

어쩌면 스스로도 도달하지 못할 지나치게 이상적인 기대를 주변 사람들과 세상에 품었던 탓도 있을 것이다. 새로운 사람을 알아 가기 시작할 때 우리는 있는 그대로의 모습을 보기보다 자신의 환상과 기대를 덧입히는 경향이 있으니까. 물론 그런 긍정적 태도와 믿음이 나쁘기만 한 건 아니다. 다만 관계를 지속해 가면서 생길 막연한 기대와 현실적 수용 사이의 간극을 메우기 위해 두 가지를 기억해 두면 정신 건강에 매우 좋다.

'그러려니'와 '아님 말고'.
이해하기 힘든 상황이나 타인을 좀 더 겸허히 수용할 수 있는 방법이자, 수평적으로 내 의견을 전달하기 위한 나름의 대처법이다. 이 두 단어만 기억한다면 어떤 이상한 사람을 만나더라도(물론 이상한 정도에 따라 시간은 더 걸릴 수 있겠지만) 마음을 편하게 가질 수 있다.

적당함의 기술

사람에게 실망했을 때나 일의 결과가 만족스럽지 않을 땐 '그러려니' 넘기기도 하고, 목소리를 내야 할 땐 '아님 말고'라는 방패를 준비해 두자. 인류애 소멸 직전 단계에서 내 마음을 구출하는 방법은 의외로 간단하다.

인간관계 미니멀리스트

∨

누군가에 대한 마음이 헷갈릴 때

내 마음을 알 수 있는 가장 확실한 방법은

상대의 사소한 제안이 귀찮은지 아닌지

'귀차니즘 측정기'를 마음에 갖다 대고
가만히 귀 기울여 보는 것이다.

내게는 인간관계를 정리하기 위한 가장 훌륭한 리트머스지로 '귀차니즘'만 한 게 없다. 사람은 다소 귀찮을 수 있는 일도 자신이 호감을 느끼는 상대라면 기꺼이 함께하고 제안하는 경향이 있다. 만약 누군가와 함께 시간을 보내는 것이 귀찮은지 아닌지 생각하기조차 귀찮다면? 그와의 인연을 과감히 놓아줄 때가 되었다!

선택과 집중이 무엇보다 중요한 세상이다. 하물며 '설레지 않으면 버리라'고도 하지 않나. 그러니 지지부진한 관계를 여럿 두고 우물쭈물하기보다는 '인간관계 미니멀리스트'가 되는 편이 더 낫지 않을까.

혹시 휴대폰에 답장하기 귀찮은 메시지가 켜켜이 쌓여 있지는 않은가? 그렇다면 그 메시지를 보낸 사람부터 관계 재정리를 시작해 보기를 적극 추천한다.

힘들면 힘들다고 티를 내

∨

이야~ 오늘도 불태웠네.

저녁 뭐 먹을까?

만약 나의 하루가 매우 편안하고 만족스러웠다면

단언컨대 당신 주변의 누군가는
엄청난 배려를 하고 있을 것이다.

나의 평온한 오늘은
누군가의 배려와 친절 없이는
절대 만들어지지 않는다.

'또라이 질량보존의 법칙'이라는 말이 유행한 적이 있다. 어느 곳에든 일정 비율의 또라이가 반드시 존재하는데, 기존의 또라이가 없어지면 그간 멀쩡하던 사람이 갑자기 또라이 짓을 하기 시작한다는 것이다. 만약 아무리 봐도 내 주변에는 또라이가 없다고 생각된다면 바로 본인이 또라이일 확률이 높다는 것.

이 우스갯소리는 집단 관계에서 우리의 심리가 어떻게 작용하는지 설명해 준다. 사람들은 대개 자신의 입장에서 세상과 타인을 대하고 바라본다. 그래서 특히 배려받는 데 익숙한 사람일수록 상대방의 불편감을 놓치기 쉽다. 단순히 내가 편안하니 상대도 편안할 거라고 여기기 때문이다. 반대로 배려하는 성향이 강한 사람은 스스로가 자주 불편감을 느끼는 만큼 타인의 불편감에도 민감하기 마련이라서 자연히 점점 더 배려하게 된다. 그러니 속칭 '또라이'로 일컬어지는 자기중심적인 사람일수록 타인의 배려도, 불편감도 잘 알아채지 못할 수밖에 없다.

'또라이'들을 위해 희생하고 배려해야 한다면 이왕 하는 거 티도 좀 내고, 힘들면 힘들다고 말하자. 말하지 않고 알아주기를 바라는 것보다는 그 편이 서로가 배려받을 수 있는 지름길일 테니 말이다.

1. 쿨함을 가장한 직설적 표현이
타인에게 상처가 될 수 있음을 인지할 것.

2. 여과 없이 하고 싶은 말 다 해 놓고
이해받으려 하지 말 것.

3. 선 넘는 질문은 아닌지
말하기 전에 먼저 생각해 볼 것.

우리 여기까지만 가까워지기로 해요

∨

친해지고 싶다.

하지만 너무 가까워지기는 싫어.

일로 만난 사이는 아무리 가까워져도 사적인 친구는 될 수 없다고 생각한다. 일할 때의 나와 친구들 사이에서의 나는 너무 다르기 때문이다. 나도 모르게 감정적인 모습을 보여서 커리어에 영향을 미치지 않을까 하는 걱정에 의식적으로 선을 긋게 된다 (이미 몇 번 선을 넘기도 했기 때문에 더욱 조심한다).

일러스트 외주 작업이나 글 쓰는 일을 하다 보면 출판사 관계자와 연락할 일이 많은데, 어느 날 편집자와 꽤 친밀하게 지내는 작가들이 있다는 걸 알게 됐다. 그런 살가운 비즈니스 관계를 보니 상대적으로 내가 담당 편집자와 너무 거리를 두나 싶어 비교가 됐다. 딱히 그런 관계를 원하는 건 아닌데 이상하게 부럽기도 하고, 내가 너무 딱딱하고 비인간적인 사람인가 싶어서 혼란스러웠다. 아무리 생각해 봐도 성격상 일로 만난 사람과 그렇게 지내는 건 역시 불편할 것 같지만.

친해지고 싶지만 또 너무 친해지고 싶지는 않은 비즈니스 관계. 우리 여기까지만 가까워지기로 해요.

제게 맞춰 주시겠어요?

∨

어떤 사람은 타인이 자신에게 맞춰 주는 것을

당연히 여기고 기대하는가 하면

상대에게 늘 맞춰야만
마음이 편한 사람도 있다.

관계에서 내 욕구를 지나치게 억누르며
상대방을 따라가는 것은

어쩌면 상대에게
나를 알아 가고 맞춰 볼 수 있는

역시 집이 최고야.

만나면 재미있긴 한데
왜 이렇게 피곤하지...

기회조차 주지 않는 것일 수도 있다.

'한국에서 살아가는 어려움'을 이야기하는 어느 외국인의 인터뷰 영상을 본 적이 있다. 호기심에 들여다보다가 생각지도 못한 신선한 충격을 받았다.

"카페에서 한국어로 주문하면 모두 영어로 대답해요. 저에게 한국어를 연습할 기회를 주지 않아요."

떠올려 보니 내가 한국에서 외국인을 마주할 때 역시 그랬다. 미숙한 영어 실력 때문에 대답을 제대로 하지 못할까 봐 긴장하기만 했지, 여행자가 한국어를 배우거나 사용하길 전혀 기대하거나 요구하지 않았던 것이다. 내 나름대로 외국인을 배려한다고 한 행동이었지만, 배려라는 게 서로의 입장에 따라 다르게 받아들여질 수 있다는 것을 미처 알지 못했다.

비단 외국인에게만 그래 왔던 건 아니다. 아주 친밀한 사이를 제외한 대부분의 관계에서 언제나 상대방의 의견이나 요구를 우선시하고 거기에 맞춰 주는 쪽이 편했다. 맏이로 자란 나에게 요구되던 유년기의 핵심 미덕이 '양보'였던 탓일까. 그게 나에게 익숙하고 유일하다시피 한 교류 방식이기에 편하다고 착각해 왔는지도 모른다. 결국은 스스로 편하다고 느끼는 방식으로 행동하면서도 머리로는 늘상 내가 더 배려한다고 여기는 인식의 함정에 빠져 있었다.

그러다 보니 인간관계에서 느끼는 피로도가 높아지고 보상심리만 커질 뿐, 시간이 아무리 지나도 관계가 깊어지지는 못했다. 어쩌면 단 한 번도 서로의 욕구를 제대로 맞춰 본 적이 없었으니까.

내 입장을 기준으로 삼아서 베푸는 배려는 때로 그 의도와 다르게 전달되기도 한다. 가끔은 자신의 욕구를 솔직하게 표현해서 타인이 나에게 맞춰 볼 기회를 주면 어떨까. 그것이 오히려 관계를 오래 유지하기 위한 하나의 방법일 수 있다. 내가 진짜 원하는 게 무엇인지, 내 생각은 어떤지 말해 주지 않으면 누구도 알지 못하니까.

'인싸'도 '아싸'도 아닐 자유

ˇ

지나친 관심은 부담스럽지만

그렇다고 투명인간이 되는 건 또 싫어서

화려한 거 좋아하는데 누가 알아보는 건 싫음.

사람 만나는 거 좋은데 싫음.

샤이 관종

관심 받는 거
부끄럽고 싫은데 좋음.

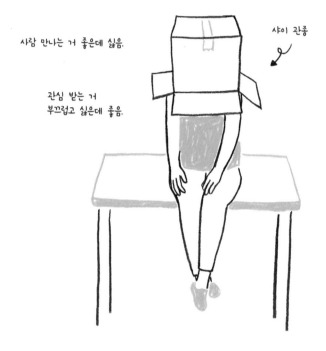

인사이더와 아웃사이더 사이,
그 어디쯤에 살고 있습니다.

나는 부끄러움이 많지만 약간의 지속적인 관심은 꼭 필요한, 이를테면 '소심한 관심종자'다. 그래서 종종 인싸(인사이더의 줄임말)들이 부러울 때가 있지만, 그렇다고 너무 튀거나 나서고 싶지는 않다. 누군가 먼저 관심을 주길 은근히 바라면서도 그 관심이 훅 들어오면 이내 부담스러워서 피하고 싶기 때문이다. 더 얄궂은 점은 오히려 나에게 무뚝뚝한 사람을 만나면 괜히 먼저 다가가서 보이지 않는 경계를 흐트려 놓고 싶은 충동이 들기도 한다는 것이다.

나뿐만이 아니라 대부분의 사람들은 대상이나 상황에 따라 태도가 수시로 바뀐다. 이는 두 사람 이상이 모이면 반드시 '관계의 흐름'이 생기기 때문이다(심리학에서는 이를 '집단역동'이라고 한다).

가령 인간과 인공지능의 사랑을 그린 영화 〈Her〉에서 주인공 테오와 OS(인공지능 운영체제)인 사만다는 줄다리기하듯 서로를 끌어당겼다 밀어냈다를 반복하며 관계의 흐름을 만들어 나간다. 그 과정에서 사만다는 인간의 공감 능력을 모방하고 학습하면서 스스로 발전해 나간다. 하물며 OS도 그럴진대 인간관계에서 내 행동이나 성향이 고정적이지 않은 것은 너무나 자연스러운 마음의 움직임이다.

'관심의 흐름' 역시 마찬가지다. 우리는 일생에 걸쳐 타인의 과도한 관심과 무관심 사이에서 관계의 균형을 찾기 위한 여정을 반복한다. 그 과정이 언제나 즐겁기만 할 수는 없다. 하지만 그로 인해 우리의 삶이 더 다채롭고 의미 있어진다는 것은 부정할 수 없는 사실이지 않을까.

건강한 관계를 위한
적당함의 기술
∨

누군가 나를 밀어내면 다가가고 싶고, 다가오면 밀어내고 싶은 심리는 전혀 이상할 게 없다. 인싸나 아싸(아웃사이더의 줄임말), 어느 한쪽에 속하려 하거나 스스로를 규정 짓는 대신 나를 둘러싼 여러 관계 속에서 좀 더 자유롭게 유영하며 살아도 괜찮다.

찾을 땐 없는 실핀 같은 사람아

∨

성가시리만큼 늘 주변을 맴돌다가도
막상 필요할 땐 없는 것들이 있다.

머리핀, 샤프심, 립밤, 우산, 그리고...

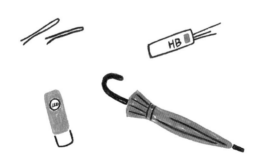

내가 찾을 땐 늘 바쁜 그 사람.

필요할 때 함께 있을 수 없다면
애초에 없던 것과 다를 바가 있을까.

여기저기 잘만 굴러다니던 실핀이라도 막상 필요할 때 보이지 않는다면 제 역할을 온전하게 해낸다고 말할 수 없다. 사람도 그렇다. 어딘가 있는 것 같았는데 막상 찾으면 없는, 그런 실핀 같은 사람이 주위에 꼭 한 명씩 있다. 그에게 내가 필요할 때는 연락이 잘 되지만, 나에게 그가 필요할 때는 쉽게 연락이 닿지 않는다. 심지어 그런 서운함을 토로하면 나를 타인 의존적인 사람으로 취급하기도 한다. 에라, 이 몹쓸 사람아. 적어도 실핀은 나를 외롭게 하지라도 않지.

필요하지 않을 때만 굴러다니는 실핀에게 고마움을 느끼기는 어렵듯이 필요할 때마다 곁에 없는 사람이 어쩌다 옆에 있을 때의 소중함을 기억하기도 쉽지 않은 일이다. 그러니 그런 실핀 같은 사람을 잃지 않으려 혼자 애쓰지 않아도 괜찮다. 찾을 때 꼭 없는 사람은 애초에 없느니만 못하다.

사랑이 끝나는 사소한 이유

∨

사랑은

거창하지 않은 이유로 시작되고

또 사소한 이유로

끝이 난다.

잘 잊을 권리

∨

정말 아무렇지 않게 잘 지내고 있었는데

메신저 알림 하나가 온 하루를 휘저어 놓는다.

잘 지내는 네 모습보다 싫은 건

이렇게 신경 쓰고 있는 나 자신.

잊는 것, 아니 잊히는 것조차
마음대로 할 수가 없네.

가끔 '친구 추천', 'n년 전 오늘의 추억' 같은 SNS 기능이 디지털 시대와 빅데이터의 폐해처럼 느껴질 때가 있다. 옛 추억에 가슴이 몽글몽글해지기도 하지만 예기치 않은 시점에 내 하루에 나타나 원치 않는 기억을 떠오르게 하기도 하니까.

한없이 가볍게만 느껴지다가도 막상 끊으려 하면 절대 쉽게 끊을 수 없는 디지털 안의 관계. 얼마만큼 무거워야 할까. 얼마만큼 가벼워야 할까. 어떻게 해야 잘 저장하고 잘 정리하는 걸까. '차단' 버튼을 누르면 정말 끝나기는 하는 걸까.

마음을 줬던 인연들에 신경이 쓰이는 것. 당연한 일이란 건 알지만 여전히 괜찮아지지 않는 기억도 있다.

잘 잊을 권리, 잘 잊힐 권리가 절실한 요즘이다.

다시 안 볼 사람에게

∨

다시 안 볼 사람에게는

비난의 에너지를 아끼자.

...

안녕!
난 타인 안에 있는
너 자신의 싫은 모습이야.

친한 친구를 떠올려 보면 어쩐지 나와 비슷한 성향을 가진 사람보다 반대의 성격을 가진 사람이 더 많다. 나 자신을 타인과 쉽게 동일시하는 경향이 있어서 내 것과는 다른 누군가의 면면에는 너그러운 편이지만, 나의 단점이라 여기는 부분을 마찬가지로 가진 사람과 잘 지내는 일은 훨씬 어렵다. 그렇다 보니 누군가에게 화를 내고 있지만 실은 마음 깊은 곳에서 나 자신에게 화가 나 있는 경우가 있다.

어떤 대상을 향한 부정적이고 적대적인 마음은 그 감정의 전이로 인해 다시 나 자신을 병들게 만들기 쉽다. 또 대부분의 사람이 자신의 옳음을 입증하기 위해 타인을 비난하고 화를 내지만, 상대를 거칠게 비난할수록 오히려 상대가 나를 감정 조절에 서툰 미성숙한 사람이라고 탓할 기회를 주는 꼴이 될 수도 있다.

그럼에도 화를 꼭 내야겠다면 우선 그것이 자기 비난의 이면은 아닌지, 정말 필요한 주장인지 구분해 볼 필요가 있다. 내 평판에 흠집을 내고 에너지를 고갈시키면서까지 화낼 만큼 상대가 나에게 소중한 사람인지 한 번 더 생각해 보자는 것이다. 나의 소중한 에너지를 누군가를 싫어하는 일에 쏟기보다는 되도록 좋아하는 사람을 위해 아껴 두는 편이 더 낫지 않을까. 그러니 다시 안 볼 사람에게는 비난의 마음을 잠시 접어 두자.

사람이 어려운 사람들의 클럽

∨

휴... 인간관계 너무 어렵다.

쉬워지지가 않아.

누군가와 '사람이 어렵다'라는 주제로
대화를 나누는 단계가 되면

너한테만 하는 얘긴데...

급속도로 유대감과 결속력을 느끼게 된다.

그러나 시간이 지남에 따라
그 유대감은 세분화되어서

종종 서로를
이해하기 힘들어지기도 한다.

연결 고리가 전혀 없는 사람들을 한데 묶어 주는 '공공의 적 뒷담화'. 그에 버금가는 대화 주제로 '인간관계 고민'만 한 것도 없을 것이다. 세상 제일가는 인싸나 나라님이라도 사람에 대한 고민 하나둘쯤은 갖고 있기 마련이니까.

그렇지만 내게는 엔간히 믿을 만한 사이가 아니라면 쉽사리 꺼내기 힘든 영역의 이야기다. 그래서 누군가에게 인간관계 고민을 털어놓는다는 건, 곧 '우리는 이제 서로 믿을 수 있는 사이에요'라는 메시지이기도 하다.

진심은 전해진다고, 이런 대화의 과정을 거쳐 단단해진 관계는 다른 관계에 비해 시간이 갈수록 확연히 깊은 맛이 우러난다. 아쉬운 건 제아무리 끈끈했던 사이라도 서로가 처한 상황에 따라 달라지는 고민과 관심사로 인해 다시 옅어지기도 한다는 것.

사람, 대체 무엇이기에 이토록 어려운 걸까. 아무리 겪어도 익숙해지기만 할 뿐 좀처럼 쉬워지지가 않는다.

마음의 허기

∨

잠이 오지 않는 새벽.

냉장고를 몇 번이나 열어 보아도   채울 만한 게 보이지 않는다.

허기진 건 배가 아니라 마음이라서.

결혼식에서 마주치는 동창

∨

얼굴은 희미하게 기억이 나는데
이름은 도저히 생각이 안 나고

일단 아는 척은 해 버렸고,
할 말도 없고 어색한 그때

...

학교 다닐 때의 나로 잠시 돌아가곤 한다.

그땐 그랬지.
우리 사는 모습이 참 달라졌구나.

∨

원체 이름을 잘 기억하지 못하는 편이라 오래 연락을 하지 않은 동창을 마주치면 그렇게 어색할 수가 없다. 미안한 마음이 들어 이름을 잊어버리지 않은 척, 괜히 옛날 일을 끄집어내어 이야기꽃을 피우며 밥을 먹는다.

학교 다닐 때는 그 집단이 유일하고 커다란 세계인 것 같았다. 그런데 다사다난했던 시간을 지나 다들 각자의 삶을 살아 내고 있는 모습을 보니, 그때는 왜 그리도 그 작은 집단 안에서의 관계에 연연하고 힘들어했나 싶다.

끝내 이름을 기억해 내지 못한, 아마도 오늘 이후로는 다시 보지 않을 옛 친구에게 상냥하지만 가벼운 인사를 건넨 후 묘하고 아련한 기분에 잠겨 집에 돌아오곤 한다.

설렘의 기회비용

∨

12월의 소개팅

코트

패딩

하...
약속 취소하고 싶다...ㅠ

어그부츠

구두

7월의 데이트

설렘에는 늘 편안함이라는 기회비용이 따른다.

하...
약속 취소하고 싶다...ㅠ

집순이, 집돌이거나 귀차니즘이 심한 사람에게 한여름 또는 한겨울에 누군가를 만나러 나간다는 건 곧 '트루 러브'를 뜻한다. 날이 좋아서, 날이 좋지 않아서, 날이 적당해서 집에 있고만 싶은 욕망에 지배당하는 사람들. 이들에게는 목이 늘어진 티셔츠의 편안함과 극세사 수면 바지의 보드라움을 벗어던지고 꾸밈노동을 선택하는 일에 다른 사람의 몇 갑절이 되는 열정이 필요하다는 뜻이다. 웬만해서는 귀찮음보다 외로움을 선택해버리고 마니, 한번 설레 보려 해도 영 쉽지가 않다.

지금 이대로가 좋은데

∨

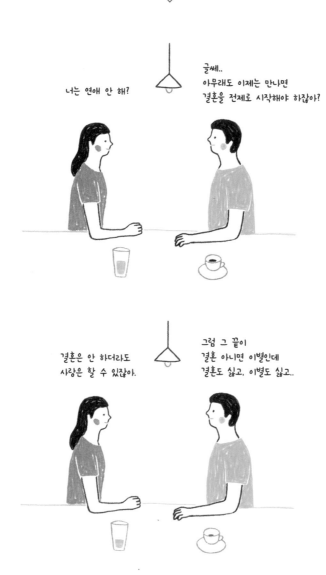

너는 연애 안 해?

글쎄..
아무래도 이제는 만나면
결혼을 전제로 시작해야 하잖아?

결혼은 안 하더라도
사랑은 할 수 있잖아.

그럼 그 끝이
결혼 아니면 이별인데
결혼도 싫고, 이별도 싫고..

나도 나 이외의 다른 생명체를
책임지며 살 자신이 없어.

지금 이대로가 좋은데..
그냥 좋기만 하면 안 되는 걸까?

서서히 마음을 닫게 되는 이유

⌄

사소한 선택과 판단을 존중받지 못하는 관계에서는

서서히 마음의 문을 닫게 된다.

나 유튜브 시작해 보려고!

야, 그건 개나 소나 다 하냐..

이미 늦었어.
레드 오션이야~

그것들이 쌓이다 보면 곧
내 존재 자체까지 부정되기 때문이다.

때때로 누군가의 선택을 무조건 수용해 주기 어렵더라도

그저 상대방의 선택을 존중하는 마음이면
충분할 것이다.

사춘기라고 부를 만한 시기를 별다르게 경험하지 않고 자라서 인지 뒤늦게 오춘기를 호되게 겪었다. 그 시기에 주변 사람과의 인간관계에서 나는 매사에 고집쟁이였다. 친밀한 관계에서 좌절된 자존감을 비뚤어진 방식으로 증명하려 과한 에너지를 쏟느라 진짜 내면의 소리를 들을 수 없었다. 돌아보면 그게 가장 안타깝다.

아주 사소한 일이라도 자신의 선택을 존중받지 못하는 경험을 반복하다 보면 종국에는 내가 진정으로 원하는 것을 찾기보다 내 의견을 인정받을 때까지 반항하는 데에 몰두하게 된다. 즉 상대의 의견을 꺾고 내 것을 고집하는 것만이 유일한 목표가 되는 것이다.

그런 경험이 지속되면 스스로의 선택에 확신을 갖기 힘들어진다. 그래서 새로운 일에 도전하거나 시도하는 것에도 과하게 불안을 느끼고 망설인다. 더 이상 자신을 믿을 수 없기 때문이다.

미국 드라마 덕후인 내가 가장 좋아하는 표현 중 하나는 'I understand you, but⋯(널 이해해, 하지만⋯)'이다. 상대방의 의견에 반하는 이야기를 하고 싶다면 우선 최소한의 이해와 존중의 표현을 먼저 건네면 좋겠다. 그것만으로도 당신이 그 관계를 얼마나 소중하게 생각하고 있는지 전해질 것이다.

───────────── 건강한 관계를 위한 ─────────────
적당함의 기술

만약 주위에 나의 자존감을 떨어뜨리는 사람이 있고, 그의 태도가 쉬이 바뀔 것 같지 않다면 최소한 내가 스스로 원하는 것을 찾을 수 있을 때까지만이라도 시간을 주고 거리를 두자. 우리에게 필요한 건 그저 존중하는 마음, 진심 어린 응원일지 모른다.

사랑해서 하는 이별은 없어

∨

세상에서 가장 요망한 몇 가지 말이 있다.

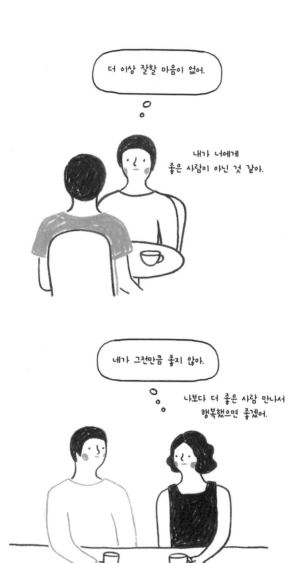

사랑함에도 불구하고 하는 이별은 있을지라도

사랑해서 하는 이별은 없다, 어디에도.

넣 너무 사랑해서...

어허이~
그 입 다물라.

너무 사랑하는 사람들

∨

사랑해

나도 사랑해

"너를 너무 사랑해서 이러는 거야."

건강한 방식이 아니라는 걸 머리로는 잘 알면서도 사랑하는 사람에게 자기도 모르게 상처가 되는 말이나 행동을 할 때가 있다. 친밀해진 만큼 다 알고 싶고 공유하고 싶은 마음에 상대를 아프게 하고, 그래서 다시 내가 아파진다.

돌아서면 후회하면서도, 습관으로 굳어진 배려 없는 행동은 서로에게 상처 주기를 되풀이한다. 마치 친밀함이 하고 싶은 말이나 행동을 다 해도 되는 자유 이용권이라도 되는 것처럼. 그러나 기분대로 표현할 자유로만 마음이 가득 차서 상대를 향한 배려나 존중이 들어설 자리가 없다면, 자유를 잃기 전에 사람부터 잃게 될지 모른다.

하트의 뾰족한 밑면은 상대방을 찌르는 날카로운 창이 되기도 한다. 누군가 당신에게 '널 사랑하니까'라는 전제로 상처를 주고 있다면, 그건 사랑이라는 가면을 쓴 폭력일 뿐이다.

─────── 건강한 관계를 위한 ───────
적당함의 기술
⌄

서로 사랑한다고, 친밀하다고 해서 어떤 말과 행동이든 다 해도 되는 것은 아니다. 그 어떤 개인의 자유라도 그것이 누군가에게 폭력이 되어서는 안 된다.

괜찮지 않은 시간을 흘려보내기

∨

물건을 사들이거나

스트레스성
지름신의 흔적

맛있는 것을 먹는 걸로 괜찮아지지 않을 때는

감사합니다~   배달이요~

정말 어떻게 해야 할지 모르겠다.

누가 좀 알려 줬으면, 괜찮아지는 방법.

눈물 젖은 치킨

상실을 겪어 본 사람이라면 알 것이다. 검색창에 '이별에 대처하는 법'을 아무리 두드려 봐도 딱히 뾰족한 수를 찾을 수는 없다는 것을. 상실감이 흘러넘치지 않도록 이리저리 막아 보아도 임시방편일 뿐이다. 마음은 소중한 것을 쉽게 잃어버리지 말라고, 또다시 그랬다가는 지금과 같은 고통을 느끼게 될 거라고 혹독하게 가르쳐 준다.

잔인한 말이기는 하지만 상실감으로부터 쉽게 괜찮아질 수 있는 방법은 특별히 없는 것 같다. 그저 괜찮지 않은 시간을 흘려보내야만 한다. 아직까지는 이보다 나은 방법을 찾지 못했다.

늘 밝기만 한 사람이 아니란 걸 들킬까 봐
⌄

어느 집단이든 공기처럼
자연스럽게 스며드는 사람이 있는가 하면

새로운 집단에 섞이는 것이
꽤나 스트레스인 사람도 있다.

사실은 나만 어색하고 경계하는 게 아니라
저쪽에서도 나를 경계 중일 것이다.

...

그럴 땐 애써 무리하지 말고

시간을 두고 서서히 녹아들어 보자.

낯을 약간은 가리는 편이지만, 그럼에도 불구하고 나에게 첫 만남보다 어려운 건 항상 두 번째, 세 번째 만남이다. 한 번 보고 말 사람들 앞에서 하루쯤 원래의 나와 다른 '보여 주고 싶은 나'를 연기하는 건 그리 어려운 일이 아니니까. 오히려 서로 얼굴은 알지만 아직 친하지는 않은 시기가 가장 불편하다. 시간이 지날수록 처음에 연기한 내 모습이 진짜 내가 아니라는 걸 들킬까 봐, 사실은 그리 멋지지도 늘 밝기만 한 사람도 아니란 걸 알게 되면 나와 별로 친해지고 싶지 않을까 봐 걱정하기 때문이다.

그런 걱정은 늘 어색함을 낳고 종국에는 무슨 말을 해도 겉돌기만 하는 사이가 되고 만다. 내가 먼저 얼어 있으니 상대방도 더더욱 나에게 다가오기 어려워지는 식이다. 이때 괜히 불안한 마음에 급하게 친해지려고 무리한 행동을 하면 오히려 관계가 더 틀어질 가능성이 높다.

그럴 땐 스스로가 얼마나 나에게만 관심을 쏟고 있는지 상기해 보곤 한다.

'내가 얼마나 나만 생각했으면 보이는 모습에 이렇게 신경을 쓰다가 얼어 버리기까지 하는 걸까?'

이런 관점으로 생각하면 실은 나뿐만 아니라 대부분의 사람이 자신을 더 신경 쓰고 있다는 것을 깨닫게 된다. 그리고 상대방도 마찬가지로 나를 경계하는 단계일 뿐이라는 것도. 아마 그도 나를 확실히 알기 전에 천천히 탐색하고 있을 것이다. 생각이 여기까지 다다르면 그제야 상대방의 마음이 보이기 시작한다. 우리는 그저 상대방이 나에게 경계를 허물고 마음을 열 때까지 시간을 주기만 하면 된다. 물론 나의 마음도 조금 열어두고.

'착한 사람'과 '나쁜 놈'
∨

누군가의 사랑스러운 가족이

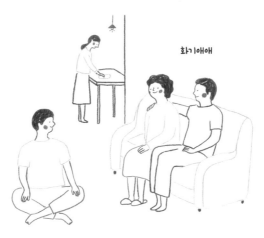

누군가에겐 시월드가 되고

누군가의 '똥차'가

우리 헤어져.

누군가에겐 '벤츠'가 된다.

알콩달콩

어른이 된다는 건
타인의 입체적인 모습을 발견하고 수용해 나가는 일.

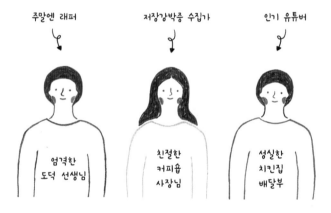

주말엔 래퍼

저장강박증 수집가

인기 유튜버

엄격한
도덕 선생님

친절한
커피숍
사장님

성실한
치킨집
배달부

사람 마음이 참 묘하다. 일하면서 그림을 그릴 때마다 늘 누구나 한눈에 알아볼 수 있는 나만의 스타일이 생겼으면 좋겠다고 생각하다가도, 누군가 내 그림을 알아봤다고 말하는 순간 곧바로 겁이 난다. 행여라도 고정된 이미지에 갇힐까 봐 두려운 것이다. 그러면서도 주변 사람들에 대해서는 습관적으로 평면적인 이미지를 쉽게 부여하고는 한다.

그래서 어릴 적 내 '할머니'이기만 했던 사람이 나이가 들고 보니 누군가에게 '시어머니'이기도, '친정엄마'이기도 한 모습이 눈에 들어오기 시작했을 때 적잖이 놀랐다. 인정하고 싶지 않더라도 나에게 너무 별로였던 인연이 누군가에겐 세상 둘도 없는 로맨티스트가 될 수 있다는 것 또한 받아들여야 했다.

세상에는 '착한 사람'과 '나쁜 놈'만 존재하는 게 아니었다. 나 역시 속해 있는 관계 속에서 모두에게 좋은 사람이 될 수는 없을 것이다. 그 사실을 있는 그대로 인정한다면 도무지 납득되지 않던 관계까지도 조금은 아량 있게 이해할 수 있을지 모른다.

2부

모두와
잘 지내지
않아도
괜찮아

세상과의 관계에서 을이 되지 말기를
∨

내가 항상 찾아가고,

내가 항상 시간을 맞추고,

너에게 난 왜 항상 나중이었는지.

사라지지 않는 숫자 1

그 질문에 더 이상
답을 찾으려 하지 않을 것이다.

이제 그런 을의 관계는 그만두기로 했다.

그러지 않아도 된다는 건 알지만, 관계에서는 마음이 더 큰 쪽이 을이 될 수밖에 없는 것 같다. 연인뿐만 아니라 친구나 지인, 동료 관계에서조차도 서로에 대한 태도의 높낮이가 미세하게 다름을 느낄 때가 있다.

혹시 상대의 작은 친절에 과도하게 의미를 부여한다거나, 반대로 타인의 무심한 행동에 혼자서 마음을 끓이고 있지는 않은가? 그런 일이 유독 잦다면 당신은 그 관계에서 을을 자처하고 있을 가능성이 크다.

맺고 있는 인간관계의 절대적 폭이 좁아지는 시기에는 외로움에 취약해지기가 더욱 쉽다. 폭이 지나치게 좁아서 사람을 필요로 하다 보면 주변의 모든 관계가 그 존재만으로도 고맙게 느껴지기도 한다.

물론 내 사람을 아끼고 소중히 대하는 방식은 사람마다 차이가 있다. 하지만 상대가 관계에서 자신만을 우선시한다면 그 존재 자체로 고마워할 것까지는 없다. 모든 관계는 기브 앤 테이크 아닌가. 상대도 나와의 관계에서 얻는 가치가 반드시 있을 테니 누군가 나를 찾아 주는 것만으로 빚진 사람처럼 굴 필요는 없다는 이야기다.

관계를 맺고 있는 상대나 상황에 따라 나의 입장이나 태도 역

시 자연스레 달라진다. 의도치 않았더라도 한때는 나도 누군
가에게 갑이었거나 지금 갑질을 진행 중인지 모른다. 그러니
언젠가 을이었던 혹은 지금 을인 스스로를 지나치게 가엽게
여길 필요 또한 없다.

다만 현재 어떤 관계에서 을의 역할을 취하고 있다면, 그런 태
도가 그다음의 관계, 나아가 나 자신과의 관계에 연결되고 나
의 삶 전체에 영향을 미칠 수도 있다는 것을 꼭 기억하기 바란
다. 스스로가 을의 역할을 벗어던지지 않는다면 나도 모르는
사이에 세상의 을이 되어 버릴지 모르니까.

제가 불편하다면 불편한 겁니다

∨

무례한 사람에게 불편함을 표시할 때

차가 좀 막혀서~

왔어? 무슨 일 있었어?

상대가 전혀 미안해하지 않으면

늦을 것 같으면
미리 연락을 해 주지~

괜히 나만 나쁜 사람이 된 것 같은
기분이 들 때가 있다.

별일도 아닌 것 같고
왜 미안하다는 말을 안 해?　　왜 이렇게 예민하게 굴어?

그냥 그 사람이 끝까지 무례한 건데.

진짜 너무하네...!

잘못은 자기가 해 놓고 이상하게 내가 미안해지게 만드는 신비한 능력을 가진 사람들이 있다. 그들은 나의 불편함에 주로 '예민하다', '오버스럽다(과하다)'라는 꼬리표를 붙인다. 내 잘못이 아니라는 것을 머리로는 알면서도 그런 말을 들으면 마음이 위축되어 스스로에게 확신이 없어진다. 그래서 주변 사람들에게 묻게 된다.

"이런 일이 있었는데 기분이 나빴거든. 내가 예민한 건가?"

그러고 나서 만약 다른 사람이었다면 같은 상황에 어떻게 대처했을지 고민하며 인생을 낭비한다.

나라님이 아니래도 내가 기분이 나쁘면 나쁜 거다. 내 불편함에 타인의 허락은 필요하지 않다. 이 오지랖 넓은 세상 속에서 적어도 자기 감정에게만은 있는 그대로 존재할 자유를 줄 수 있기를.

건강한 관계를 위한
적당함의 기술
∨

내가 남들보다 좀 더 민감한 사람이라고 해서 그것이 내 감정을 부정당할 이유가 될 수는 없다. 불편한 상황이 생기면 되새기자. '제가 기분이 나쁘다면 나쁜 겁니다.'

비교 없는 위로와 불안 없는 축하를

∨

힘들어하는 네게 전한 위로나

진심을 담은 응원 뒤편의 서늘한 감정에

자신이 밉고 실망스러웠던 날이 있다.

휴..
나 정말 가증스럽고
위선적이다..

타인과의 비교 후에 남겨진 하찮은 위안 또는 불안.

마음아, 언제부터 이렇게 각박해졌니.

누군가를 진심으로 위로하거나 축하하지 못하는 스스로에게 실망할 때가 종종 있다. 타인의 아픔에 공감과 위로의 말을 건네는 동시에 나도 모르게 가슴을 쓸어내리거나, 친구의 성공을 축하하면서도 마음 한편에 한없이 작아진 내 모습을 그릴 때가 그렇다.

어른의 몫을 제대로 하며 살아가고 있는지 스스로를 단속하며 안도감을 얻기 위해 달려오는 동안 나도 모르는 새에 세상의 상대평가에 익숙해진 걸까. 누군가를 밀어내고 올라서야만 내 존재가 위태롭지 않을 거라는 불안에 마음이 각박해진 걸까.

'비교'의 가장 무서운 점은 현재의 내가 무엇을 얼마나 이루고 가졌는지와 관계없이 시간이 지날수록 습관처럼 배어든다는 것이다. 진정한 자존감은 비교를 통한 상대적 만족감이 아닌 절대적인 자기 인정으로 얻을 수 있다. 이를 잊지 않는다면 사랑하는 사람에게 비교 없는 위로와 불안 없는 축하를 건넬 수 있을 것이다.

눈에는 눈, 사람에는 사람

만나자고 불러 놓고
휴대폰만 보는 사람

뭐야.. 나랑 연락할 땐 답 느리더니
내 것만 늦게 보는 거였어...?

나에게 무례한 사람
→ 일부러 무례할 필요는 없지만 친절할 필요도 없음.

모두에게 관심 받으려
애쓰던 타입

산은 산이요..
물은 물이로구나..

나에게 무관심한 사람
→ 나도 굳이 신경 쓰지 않으면 됨.

나를 소중히 대해 주는 사람
→ 소중하게 대한다.

안정과 열정 사이

라고 말하면서도,
마음 한구석으로는 바라고 있는 걸 알지.

열정적인 순간을.

연애는 '내일을 기대하게 하는 어른들의 장래희망' 같은 거라던 어느 드라마의 대사가 생각난다. 심리적 안정, 즐거움, 유대감 등 연애에서 기대하는 가치의 우선순위는 사람마다 다르겠지만 공통적으로 바라는 건 아마도 '재미' 아닐까. 그렇다. 연애는 재밌으려고 하는 것이다. 아무리 잘 대해 주고 따뜻하고 편안한 느낌을 주는 사람이라도 함께 있을 때 재미가 없다면 연애 관계로 발전하기는 쉽지 않다. 하다 못해 개그 코드라도 맞아야 한다.

하지만 안타깝게도 재미와 흥미로움의 다른 이름은 불안정성이고, 안정감의 반대면에는 반드시 지루함이 있다. 안정적이면서 동시에 다이내믹할 수는 없다는 말이다. 양쪽을 모두 가지기를 바라는 건 마치 심플하면서 화려한 디자인을 요구하는 클라이언트와 같다고나 할까.

이런 불가능한 조건을 기대하기 때문인지 항상 나와 '딱 맞는' 사람은 없더라. 실은 나와 딱 맞는 사람이 없는 것이 아니라 그런 조건을 겸비한 사람이 원래 별로 없는 거다. 안정감을 원한다면 어느 정도의 지루함이 수반될 것이고, 재미를 잃을 수 없다면 불안정성에 마음을 열 준비가 되어 있어야 한다. 아니면 적어도 자신이 불안정성을 어느 정도까지 감내할 수 있는 사람인지 정도는 알고 있는 게 좋다.

타인과 관계를 맺기 전에 내가 포기할 수 없는 가치가 무엇인지 나만의 우선순위부터 정해 보면 어떨까.

쿨하지 못해도 괜찮아

∨

사랑을 할 때 이성적으로 판단하고
행동하지 못한다고 자신을 너무 나무라지 말자.

이성적일 수 있는 사랑이면 그게 진짜 사랑이랴.

사실은 꺼내어 말하지 않을 뿐

그 누구도 쿨한 연애나
쿨한 이별 같은 건 하고 있지 않아.

걱정이 많아서 걱정인 당신에게

∨

설레기만 해도 충분하다는 걸 알면서도
두려움이 떨쳐지지 않을 때가 있다.

나는 너를 좋아하게 됐는데
너는 아닌 것 같다고 하는 결말이 될까 봐.

우리 저기
앉았다 갈까?

그냥 가볍게 보고 싶었을 뿐인데,

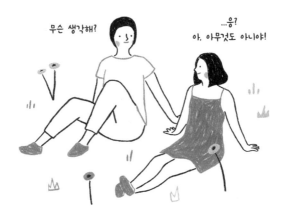

마음을 덜 주는 게 나을까 하는 생각을
벌써 해 버린다.

걱정이 많아서 걱정인 사람이 관계를 시작할 때 꼭 기억했으면 하는 것이 있다. 아직 벌어지지 않은 미래의 일을 지레짐작해 봤자 부정적 결과로부터 자신을 보호할 수는 없다는 것. 도리어 부정적 예측 이후 불안감으로 인해 과잉 행동을 하는 등 상대를 몰아붙여서 관계가 악화되는 단초를 제공할 수 있다.

물론 어린아이처럼 경계 없이 마음을 활짝 열어젖히는 게 무조건 관계의 좋은 시작이라는 말은 아니다. 새로운 관계를 시작할 때 언제, 얼마만큼 마음을 열어야 할지 걱정하는 일에는 분명 자기 보호라는 이점이 존재한다. 또, 상대에게 마음을 열기까지 어느 정도의 시간을 가질지는 철저히 개인의 선택이기도 하다.

다만 미래에 대한 막연한 두려움이 현재의 관계에서 느낄 수 있는 소중한 순간까지 앗아가게 만들지는 않기를 바란다. 지나치게 앞서는 걱정을 조금은 뒤로 미뤄 두어도 괜찮지 않을까.

건강한 관계를 위한

적당함의 기술

⌄

지나친 걱정은 정말 경계해야 할 만한 상황이 닥쳤을 때 해도 늦지 않다. 오지도 않은 미래에 지레 겁부터 먹지 말자.

마음대로 안 되면 마음 가는 대로

∨

내 마음은 왜 내 마음대로 안 되는 걸까.

애쓰지 않았는데 없던 마음이 생기기도 하고

꼭 지키고 싶던 마음이
어찌할 도리 없이 사라지기도 하니까.

진짜 오랜만이다~

그러게~

가끔은 그냥 흘러가게 놔두고
그 흐름에 맡기는 게 최선일 때가 있다.

무리한 용서보다는 건조한 위로를

⌄

사람에게 받은 상처를
조금 덜 고통스럽게 직면하는 방법은

가능한 한 온몸의 감각을 닫고
건조한 시선으로 그것을 바라보는 것이다.

무리한 용서도, 이해도 아닌

그저 일어난 일을 있는 그대로 인지하는 것은

나를 위로하는 조금은 특별한 방법.

인간관계에서 상처 받을 때마다 머리로는 그 기억을 부정하고 외면하려 애쓰지만, 이미 감각에 스며든 일정량은 가슴에 남아 반드시 현재 나의 일부가 된다. 내 경우엔 사람에게 받은 마음의 상처를 다독이고 싶을 때 소설이나 에세이보다는 주로 인문서를 읽는다. 어떤 사람의 행동을 진화적 관점으로 바라본다든지 심리학 이론을 대입해 생각해 보는 게 상처를 가볍게 하는 데에 한결 도움이 되기 때문이다.

배신, 이별, 신체적 혹은 정신적 폭력으로 인한 트라우마 등 관계로 인한 크고 작은 상처들. 그 자체로도 충분히 아프지만, 무엇보다 '나라면 하지 않을 행동을 한 상대방'을 이해하고 받아들일 수 없기 때문에 더욱이 그 멍울이 사라지지 않는다.

덮어 둔 상처, 해결되지 않은 감정이 불쑥 올라올 때마다 아픈 기억을 곱씹을 필요는 없다. 하지만 인생의 중요한 시점에 그 상처가 성장을 방해한다면 한 번쯤은 꺼내어 직면하고 넘어가는 게 좋다. 그 과정이 너무 괴롭다면 치유되지 않은 상처를 냉정하게 돌아보며 기억을 재구성하는 것도 도움이 된다.

이는 내가 가진 아량을 쥐어짜 내서 상처 준 사람을 애써 용서하고 마음에도 없는 면죄부를 주는 것과는 다르다. 상대를 나와의 연결고리를 배제한 채 제3자의 관점에서 보는 것이다. 즉

'나에게 상처 준 사람'이 아닌 '결함이 있는 한 사람'으로 바라봄으로써 머리로나마 이해하는 것에 가깝다. 그렇게 상처가 된 기억을 소환해 다시금 생각하고, 마음으로 충분히 소화시키면 아픔에서 빠져나오기가 조금은 수월해질 것이다.

가장 좋아하는 소리.

듣고 싶지 않은 소리.

익숙한 말투.

잊고 싶은 말투.

좋아하는 향.

싫어하는 향.

너의 이런 점이 좋아.

너의 그런 점이 싫었어.

우린 역시 잘 맞아.

우린 처음부터 안 맞았어.

감정에는 이유가 없다는 걸 알면서도 우리는 사랑을 시작할 때 그 이유를 정의하려 하고, 이별할 때는 끝내야만 하는 이유를 만든다. 감정적인 선택을 하는 자신이 서투르고 어른스럽지 못한 사람으로 여겨질 것 같은 공포 때문일까. 나의 이성에게 내 감정과 그에 따른 선택이 타당했음을 납득시켜야만 마음이 편안해지는 듯하다.

하지만 그 이유들은 큰 의미도 없고, 때로는 사실과 거리가 멀기도 하다. 감정이 사라진 뒤 기억은 꽤 많은 부분 재편집된다. 그래서 지나고 돌아보면 누군가와 잘 맞는다고 생각했던 이유가 이리저리 끼워 맞춘 조각에 불과했다는 것을 깨닫기도 한다.

한편 더 빨리 끝맺지 못한 게 후회되는 지난 관계의 기억을 거슬러 올라가다 보면 진즉에 끝냈어야 마땅한 수많은 징후를 도처에서 발견하게 된다. 분명 당시에는 전혀 감지하지 못했던 순간들이다. 이렇듯 같은 상황도 어떻게 의미를 부여하느냐에 따라 전혀 다르게 해석된다.

그러니 관계에서 옳은 선택을 하기 위해 그에 들어맞는 이유를 찾으려 애쓰지 않아도 된다. 이유는 만들기 나름이다. 그럴듯한 이유가 없더라도 내가 느끼는 감정은 그 자체로 늘 옳다.

각자의 추억

ᐯ

역사가 승자의 관점에서 기록되듯
모든 관계는 각자의 방식으로 기억 속에 저장된다.

그래서 똑같은 장면을 흘려보낸 둘은

어느 날 다른 시간, 다른 공간에서

전혀 다른 방식으로 그것을 추억한다.

관계는 믿되 사람은 믿지 말자

∨

믿었던 사람에게 받은 상처가 더 아픈 이유는

상처 그 자체 때문이 아니라

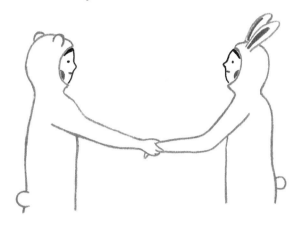

그 사람을 믿었던 나 자신마저 싫어지기 때문이다.

'관계는 믿되 사람은 믿지 말라.'

인간관계에서 꼭 기억하고자 하는 나만의 철칙이다. 나 자신을 포함해 모든 인간은 약하고 믿을 만하지 못한 존재라고 생각하기 때문이다. 사람은 생존을 위해 언제든 신념과 입장을 바꿀 수 있고, 누구도 그것을 비난할 수는 없다.

그래서 나는 사람이 아닌 '관계'를 더 믿는다. 현재 관계 내에 실재하는 상대의 행동과 말은 온 마음을 다해 신뢰하려고 노력하되, 사람 자체는 언제든 변할 수 있는 존재라고 여기려 한다. 이렇게 하면 상대의 태도 변화와 배신, 이 둘의 차이를 좀 더 명확하게 구분할 수 있다. 덕분에 믿었던 사람에게 상처 받았다며 스스로를 피해자의 위치에 놓는 오류의 덫에 빠지지 않게 되더라.

그럼에도 불구하고 누군가를 온전히 믿는 마음은 그 자체로 얼마나 귀한가. 그러니 그런 마음을 품을 수 있었다면, 당신은 이미 충분히 귀한 사람인 걸 잊지 않았으면 한다.

───────── 건강한 관계를 위한 ─────────
적당함의 기술
∨

믿었던 사람에게 상처 받았다면, 자책은 당신의 믿음을 소중히 대하지 않은 그 사람의 몫으로 남겨 두자.

외롭지만 연애하고 싶지는 않아.

외롭지만 결혼 상대가 필요하진 않아.

우리에게

필요한 건...

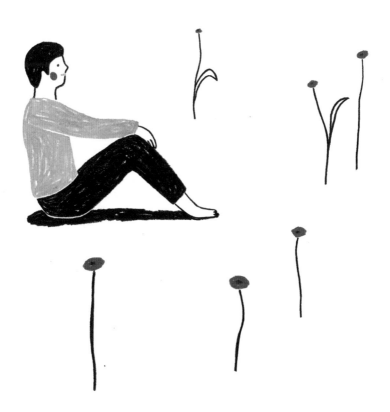

사랑이야.

늘어 가는 주름과 커져 가는 모공을 볼 때면 불안해진다. '혼자'가 주는 편안함을 뒤따라 무서울 만큼의 지루함과 외로움이 밀려들 때면 사람을 만나려고 시도하기도 한다. 하지만 인생의 동반자가 아닌 보조자를 원하는 듯한 상대의 모습에 마음을 닫고 연애, 결혼, 나아가 모든 관계에 대한 회의를 느끼기 일쑤다. '함께'가 주는 안정감을 간절히 원하면서도 결혼 제도에 동반되는 갖가지 스트레스를 감당할 자신이 없어진다.

결혼해야 할까? 결혼하지 않으면 정말 많이 외롭고 힘들까? 이런 기분을 몇십 년 동안 견딜 수 있을까? 언젠가는 혼자인 게 익숙해질까? 정말 연애나 결혼으로 마음의 빈 곳을 채울 수 있을까? 왜 우리는 연애를 위한, 결혼을 위한 사랑을 해야 하는 걸까?

아마 앞으로도 이 물음들의 정답을 찾긴 어려울 것 같다. 다만 지금까지의 경험을 바탕으로 한 가지는 분명하게 말할 수 있다. 피상적인 관계 속에서 보내는 시간이 증가할수록 외로움과 공허함은 증폭된다는 것. 그래서 더 두렵다. 나에게 맞는 사랑의 형태를 찾지 못한 채 사회가 정한 틀에 맞춰야 할 것 같은 압박감에 떠밀려 형식을 따르는 데에만 몰두하게 될까 봐.

연애든 결혼이든 어떤 결합에서 그 이유의 맨 앞자리는 항상 사랑이 차지했으면 좋겠다. 사랑을 지속하기 위한 형태가 그 자체로 목적이 되지 않기를 바란다.

언제든 더 나은 선택을 할 수 있으니까

∨

지나간 관계를 잘 정리하기 위해

언젠가부터 '운명'이 아닌 '선택'을 믿기 시작했다.

지난 관계를 어찌할 수 없는 상처로 묻어 둘지

내가 선택했던 과정으로 여길지
나 스스로 판단할 것이다.

운명이란, 수많은 우연 중 하나에 부여하는 의미
그 이상도 이하도 아니다.

지나간 아픈 관계를 회상할 때 그것을 어찌할 수 없는 운명이었다고 여긴다면 그 기억은 두고두고 상처로 남기 쉽다. 비련의 주인공을 자처하며 자신의 가여운 모습에 심취하기까지 하면 상황은 더욱 안 좋아진다. 이는 '과거의 나에게는 상황을 통제할 힘이 없었다'고 여기는 것과 마찬가지다. 일방적으로 상처 받았다는 생각이 피해의식을 불러일으킬 수도 있다. 그러다 보면 다른 비슷한 관계에서 발생하는 갈등 역시 조절할 수 없는 일로 받아들이고 그 안에서 수동적인 역할을 반복할지 모른다.

지나간 관계를 마음으로 정리할 때는 '운명'이 아닌 자신의 '선택'을 믿었으면 한다. 선택을 믿는다는 것은 인간관계와 세상 속에서 주체성을 갖겠다는 일종의 선언이다. 그렇게 함으로써 상처 받을까 두려워 닫아 둔 마음의 문을 다시 열 수 있는 선택지 역시 내 손에 쥐어진다.

누구와 관계를 이어 가고 어떤 사람을 정리할지, 그들과의 거리는 어느 정도로 유지할지, 우리는 모두 스스로 선택할 수 있다. 만약 후회되는 선택을 했다면 그것 또한 괜찮다. 우리는 지난 선택으로부터 배우고 언제든 더 나은 선택을 해 나갈 수 있으니까.

나에게 상처 준 사람을 깊게 생각하지 않기로 했다

∨

나에게 상처를 준 사람들에 대해
깊게 생각하지 않는 버릇이 생겼다.

기억을 부정하는 일은 곧
자신을 부정하는 일인지 모른다.

그럼에도 어떤 기억은 그저 묵혀 둘 수밖에 없다.

직면하기 힘든 기억이 떠올라 잠들지 못하는 밤이면

그 어느 날엔 먼지처럼 흩어지길 가만히 바라 본다.

나를 무조건 안아 줄 수 있는 사람은 나 자신뿐

∨

어릴 적 무조건적인 사랑을 받지 못한 사람은

타인과의 친밀한 관계에서 특정한 패턴을 보인다.

때로 스스로도 이해하기 어려운 행동들 너머에는

확신 없는 물음만이 맴돈다.

어쩌면 무조건 나를 안아 줄 수 있는 사람은
나 자신뿐일지도 모른다.

자기 관리를 잘하다가도 연애만 하면 생활 패턴이 망가지는 사람, 반대로 상대에게 완벽에 가까운 모습만을 보여 줘야 한다는 압박감에 시달리는 사람, 혹은 다른 사람 앞에서와는 완전히 다른 성격으로 돌변하는 사람…. 이렇게 평소와 연애할 때의 모습이 극단적으로 다른 사람들이 있다. 마치 내 어떤 모습까지 연인이 수용해 줄 수 있는지 시험이라도 하는 것처럼.

친밀한 관계일수록 무조건적 애정과 수용을 더 바라는 마음은 대부분의 사람이 어느 정도씩은 가지고 있는 자연스러운 것이다. 그러나 이런 마음이 사회 통념상 수용 가능한, 혹은 상대가 받아들일 수 있는 범위를 벗어난 행동으로 이어지면 관계에 균열이 생길 수 있다.

심리학자들은 이런 행동이 어린 시절, 부모 혹은 주 양육자로부터 받은 무조건적 수용과 애정의 질에 따라 달리 나타나는 애착 유형에서 기인한다고 말한다. 충분히 연구된 이론이기는 하지만 자칫 해석을 잘못했다가는 성인이 된 이후에도 부모에 대한 원망에서 벗어나지 못한 채 미성숙한 상태에 머무르게 될 수도 있다.

과거를 바꿀 수는 없다. 대신에 쉽지는 않지만 나 자신의 성장과 치유를 위해, 나아가 좀 더 건강하고 친밀한 관계를 위해 어느 시점에는 과거를 그만 떠나보내야 한다. 성인이 되었지만 아직 마음속에 남아 있는 내면아이(한 개인의 정신 속에 독립된 인격체처럼 존재하는 아이의 모습)에게 무조건적인 사랑을 줄 수 있는 가장 좋은 부모는 어쩌면 당신 자신뿐인지도 모른다.

모두에게 좋은 사람이 되려 하기보다는

나 하나만 만족시켜도 충분히 훌륭함을 알아주기를.

인간관계를 양적으로 평가하기보다는

나에게 맞는 관계 환경을 만들어 나가기를.

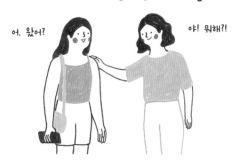

모두와 잘 지내지 않기로 한 자신을 수용해 주기를.

누구보다 나와 잘 지내기 위해서.

coffee · dessert

나이 듦의 순기능이란 이런 걸까. 이전보다 많은 일들에 초연해지는데 그중에서도 특히 나 자신에 대한 가치판단에 있어서 그렇다. 몇 년 전이라면 내 탓부터 했을 자잘한 물음에도 이제스스로를 넉넉히 이해해 준다. '내가 과연 충분히 좋은 사람일까?', '성숙하고 어른스럽게 행동한 걸까?' 같은. 연결된 모든 관계에서 좋은 사람이 되어야만 한다는 마음의 짐으로부터 나를 해방하기로 했기 때문이다.

우리는 모두에게 좋은 사람이 될 필요가 없을 뿐만 아니라 모두와 잘 지내지도 않아도 된다(생계 유지를 위한 최소한의 비즈니스 관계는 제외한다). 싫은 사람은 마음속으로 조용히 싫어하며 서서히 멀어져도 괜찮다. 인싸면 어떻고 아싸면 어떠한가. 각자의 성향과 가치관에 맞게 관계를 맺어 나가면 된다.

돌이켜 보면 그간 학교와 사회에서 만난 사람들 중 내 쪽에서 너무 애쓰며 관계를 유지해 온 사람일수록 지금은 거의 멀어졌거나 잊었다. 지나치게 포장해야만 유지되는 관계라면 시간이 지남에 따라 자연스레 정리되기 마련이다.

만약 20대 초반의 나에게 딱 한 가지 이야기를 전할 수 있는 기회가 생긴다면, 나는 단연코 이 진리를 꼭 기억하라고 이야기할 것이다.

'좋은 사람'이라는 타인의 평가에 연연하며 인간관계를 맺는 건 하등 쓸모없는 에너지 낭비일 뿐이다. 하루라도 빨리 그 사실을 깨달을수록 더 현명한 삶을 살 수 있다고 믿어 의심치 않는다. 모두와 잘 지내려 하기 전에 나 자신과 잘 지내는 게 무엇보다 중요함을 잊지 말자.

싱글 축하금

⌄

매번 뿌리기만 하는 것 같아.

축의금 돌잔치 생신 명절 백일잔치 출산

(feat. 밀레, <씨 뿌리는 사람>)

다들 결혼했다고, 아기 낳았다고
돈도 받고 선물도 받는데..

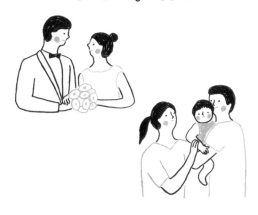

싱글인 이들에겐
이 얼마나 억울한 일이란 말인가!

하...
눈에서 땀이 나네...^^

이제 싱글에게도 축하금 주는 문화를 만들자.

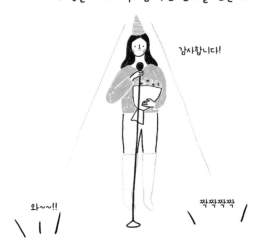

이 모진 세상 혼자 잘 버텨 왔으니까.

그리고 고기도 사 줘야 한다.

(왠지 비장)

이것이 가장 중요합니다.

인력으로는 안 되는 게 사람 마음

∨

언제부턴가 떠나는 사람을 붙잡지 않는다.

이유를 찾지도 원망하지도 않는다.

그저 행복하면 됐다.

나이를 먹으며 한 가지 깨달은 게 있다면
사람 마음만큼은 절대 인력으로 안 된다는 것이다.

한 번 깨진 그릇은 언젠가 다시 깨질 것이고
그저 내 인연이 아닌 것이다.

그게 사실이든 아니든

그렇게 생각하는 게 내 마음에도 좋다.

∨

'왜 나에게서 멀어졌을까? 왜 나를 더 이상 좋아하지 않을까?' 정답도 없고 무익한 물음에 답을 찾으려고 애쓰던 때가 있었다. 돌아보니 이미 떠난 마음을 붙들려 하던 것만큼 어리석은 일이 없구나 싶다.

'오면 오는구나, 가면 가는구나' 하는 자세로 인간관계에 임하라는 조언도 있다. 자연스레 우러나와서 그럴 수 있다면야 정신 건강에 좋겠지만, 현실적으로 그건 도인들에게나 가능한 이야기. 나처럼 평범한 사람이 그 조언을 잘못 받아들였다가는 자칫 '다 필요 없어! 인생은 어차피 혼자야'라고 생각하는 염세주의나 허무주의로 흐르기 쉽다.

오고 가는 인연에 전혀 연연하지 않고 쿨하게 대처하겠다는 마음가짐은 모든 관계를 완전하게 제어하지 못할 바에는 차라리 혼자가 되고 말겠다는 회피에서 비롯한 것일 수 있다.

우리는 자신의 마음조차 확신하지 못하면서 남의 마음을 넘겨짚거나 상상하는 데에 많은 시간과 에너지를 쏟곤 한다. 내 마음도 마음대로 되지 않는데, 타인의 마음을 파악하거나 내가 원하는 대로 움직인다는 발상 자체가 말이 되는 걸까.

인력으로는 어찌할 수 없는 게 사람 마음이다. 남의 마음에 신경을 쏟기보다는 나를 먼저 돌보자. 마음대로 안 되는 일에는 마음 가는 대로.

적당함의 기술

마음은 원래 마음대로 되지 않는다. 그러니 마음에 앞서 움직이지 말고, 마음이 먼저 가게 두자. 오는 사람에게 편안하게 애정을 주고, 가는 사람에게서 좀 더 담담하게 마음을 거둘 수 있기를.

심장 보관소

∨

때때로 마음이 너무 아파

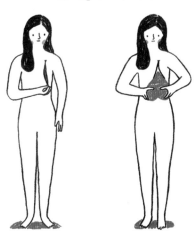

심장이 없었으면 좋겠다는 생각이 들 때면

'심장 임시보관소'에 잠시 맡기세요.

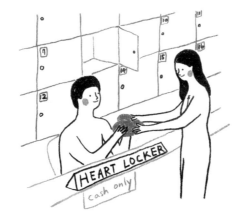

고통을 감당할 용기가 생기면
다시 되찾아 갈 수 있어요.

감당하기 어려운 일을 맡거나 심한 정신적 스트레스를 주는 사람을 만나야 할 때 자주 몸이 아픈 편이다. 사람의 몸과 마음은 연결되어 있어서 마음이 괴로울 때 실제로 몸이 아프기도 한다. 심리학 용어로 이를 '신체화'라고 부른다. 특히 아픈 마음을 적절한 시기에 잘 돌보지 못했거나 자신도 모르게 자주 참는 성향의 사람들에게 나타나기 쉬운 방어기제다.

나의 경우에는 주로 이유 없는 편두통, 소화불량이 생기거나 불면증이 심해진다. 드물게는 전에 없던 차멀미라든지 이명 현상, 두드러기, 심지어는 치통을 겪는다. 그럴 때 정신적인 스트레스를 주는 요소나 상황을 우선 해결하면 신기하게도 자연스레 신체 증상도 완화됐다. 이런 일을 몇 차례 경험한 이후로는 마음에서부터 알아채기 어려운 스트레스를 몸의 변화를 통해 알아채곤 한다. 이제는 몸에 이전과 다른 증상이 조금이라도 생기면 무조건 하던 일을 멈추고 현재의 상황과 주변 인간관계를 돌아본다(그것이 병원비를 최소화할 수 있는 최선의 방법이라는 것을 뼈저리게 느꼈다).

정도의 차이가 있을 뿐 누구나 살면서 한 번쯤은 신체화를 경험해 봤을 것이다. 예컨대 마음이 아플 때 마치 실제로 심장 쪽에서 통증이 느껴지는 것과 같은 경험. 그럴 때면 차라리 심장이, 혹은 괴로운 감정을 느끼게 하는 감각기관이 아예 없었으면 싶기도 하다.

그럴 땐 현재 내가 감당할 수 없는 일에 너무 매몰되어 있지는 않은지, 마음을 힘들게 하는 사람을 가까이 두고 있지는 않은지, 내가 현실적으로 할 수 있는 일은 무엇이 있을지 생각해 보자. 가장 중요한 건 잠시 멈추고 돌아보는 시간을 갖는 것이다. 갈등 혹은 상실로 인해 아픈 마음을 쉬게 해 줄 수 있는 나만의 방식을 찾는다면 몸의 건강도 함께 지킬 수 있을 것이다.

혼자서 온전하지 않아도 괜찮아

∨

그런 생각 들 때 있지 않아?

우리가 친구를 만나고, 연애를 하고,

결혼을 하고, 아이를 낳는대도

사실은 모두 혼자일 수밖에 없다는 생각 말이야.

결국 혼자라는 것에 익숙해질 수 있을까?

아니,
넌 익숙해지지
않을 거야.

지금 넌 익숙해질 수 있을지
궁금한 게 아니라
익숙해지고 싶지 않은 거니까.

익숙해지고 싶지 않다면, 익숙해질 수 없어.

∨

일전에 혼자 떠난 제주 여행에서 나는 마치 이마에 '혼자'라고 적힌 포스트잇을 붙이고 다니는 사람이 된 것 같았다. 평소 군중 속의 고독에 취해 있기를 즐기기도 하고, 상대적인 외로움을 느껴 본 적도 있지만 그런 것과는 차원이 다른 절대적 고독 상태에 놓여 있었다. 물론 일상이 환기되는 순간도 있었지만 온전히 혼자가 된다는 건 생각보다 그리 멋지지만은 않았다. 그렇게 혼자임을 뼛속 깊이 느낀 며칠 동안 나는 빠르게 방전되었다.

우리 뇌는 사회적 유대감의 상실이 주는 고통에 대해 실제로 물리적인 고통을 느낄 때와 같은 방식으로 작용한다고 한다. 무리 지어 생활해야만 살아남기에 유리하도록 설계된 유전자를 지닌 인간에게 외로움에 익숙해지고 태연해지는 건 의지의 문제가 아니라 생존의 문제인 것이다. 그러니 외로움에 익숙해지지 못한다고, 혼자서 온전하지 못하다고 자신이 의존적이라거나 나약한 사람이라고 생각하지는 않았으면 좋겠다.

어쩌면 우리는 '혼자'에 대해 잘못 이해하고 있는지도 모른다. 늘 혼자라고 생각하면서도 실은 온전히 혼자가 되어 본 적이 별로 없고, 혼자이지 않으려 몸부림치면서도 반대로 혼자일 수 있어야만 진정한 성숙의 반열에 오를 수 있는 것처럼 '혼자'를 신성시하기도 한다.

그런 의미에서 가끔은 의도적으로 자신을 절대적 고독 상태에 두는 것도 괜찮은 경험이라는 생각이 든다. 그렇게 '혼자'를 온몸으로 느껴 본 후에는 알 수 있을지도 모른다. 나에게 필요한 적정량의 고독이 어느 정도인지, 반드시 곁에 두어야 하는 사람은 누구인지를.

혼자서 잘 지낼 수 있으면

∨

조용한 퇴근길이 아무렇지 않은 밤.

저녁은 먹었냐고, 너무 늦게 들어가지 말라고,
질문도 잔소리도 없는 길엔

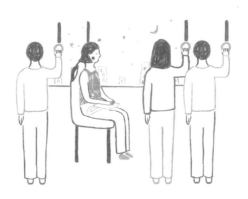

거리의 네온사인이 예쁘다는 생각만이 스친다.

혼자서 잘 지낼 수 있으면
다른 사람과도 잘 지낼 수 있다던데

이제 누군가와 잘 지낼 수 있는 때가 된 걸까.

——— 3부 ———

∨

사람에게는
늘
사람이
필요해

너와 나 사이에 보이지 않는 선이 있어

∨

상냥하게 대하기는 하지만

더 친밀해지고 싶다는 뜻은 아니야.

나를 더 좋아해 줬으면 해.

하지만 좋아하고 싶지는 않은 나는 이기적인 걸까.

함께하는 시간이 늘고, 마음을 줘 버리면

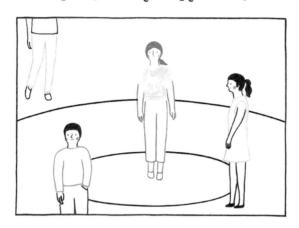

흐릿해질 내 모습이 두려우니까.

가족은 제외하고 친구나 지인들에게 각각의 심리적 거리에 따라 마음으로 선을 그어 놓는 편이다. 일기장에 적거나 상대방에게 말을 하는 것은 아니지만 도움을 주고받을 일이 있을 때, 또는 약속이 겹쳐 우선순위를 정해야 할 때 먼저 그 선을 생각한다.

학자들은 인간관계에서 적절한 심리적 거리를 유지해야 자신을 지키며 건강한 삶을 살아갈 수 있다고 이야기한다. 그런 면에서는 나도 인간관계를 건강하게 맺고 있는 것처럼 보인다.

하지만 내가 서 있는 동그라미 경계선 바로 바깥에 있는 사람이라도 그 안으로 들이는 게 내게는 너무 어려운 일이다. 누군가를 '친한 사이'로 규정하면서도 그와 나 사이의 선을 생각하고, 가끔은 선에 지나치게 집착하기도 한다. 누구든 그 선을 한 발자국이라도 넘어올라치면 나 자신을 지키지 못할까 봐 두려워진다. 그래서 아무리 친한 사람이라도 그 사이에 보이지 않는 유리벽을 세워 둔 듯한 느낌을 받을 때가 있다.

나는 무엇이 그렇게 두려운 걸까. 언제쯤이면 우리 사이의 선을 넘어설 만큼 친밀한 관계에 용기를 낼 수 있을까.

때로는 적당히 가깝지 않은 관계가

더 오래 유지되기도 한다.

친밀함이란 늘

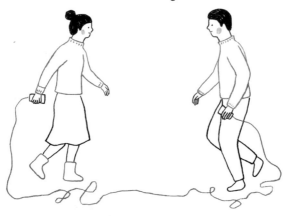

기대와 실망을 동반하기 마련이라

친밀해진 만큼 더 꼬여 버리기도 한다.

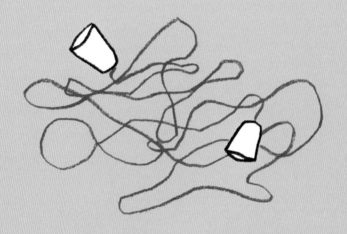

일로 만난 사이, 취미가 같은 친구, 어쩌다 건너서 알게 되는 사람들. 야금야금 늘어 가는 관계 전부에 지속적인 관심을 쏟으면서 사회인 노릇을 잘 해내고 싶지만, 아싸가 체질인 내게는 여간 어려운 일이 아니다. 아끼는 사람을 우선하고 싶으면서도 동시에 누구 하나 서운하게 만들거나 잃지 않으려는 욕심 때문일 것이다.

그러나 인간관계는 혼자 만들어 갈 수 없기에 상대의 친밀감 욕구를 내 쪽에서 일방적으로 조절하거나 모두와 깊은 관계를 맺기는 어렵다. 그래서 가끔은 멀지도 가깝지도 않은 적당한 거리를 유지하기 위한 약간의 요령이 필요하다. 서로가 맞잡은 끈이 너무 팽팽하면 끊어질 테고 너무 느슨하면 엉켜 버릴지 모르니까.

건강한 관계를 위한
적당함의 기술
∨

과하지도 모자라지도, 너무 멀지도 가깝지도, 차갑지도 뜨겁지도 않게. 상황에 따라 자신에게 더 편안한 관계의 형태로 '적당히' 옮겨 다니는 '관계 유목민'이 되어 보자.

마음의 적당한 틈

∨

너와 나를 이어 주던 관계의 끈이 끊어지고 나면

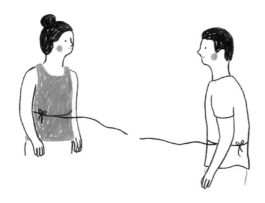

그 끈을 하나둘 엮어
나를 지켜 주는 보호막을 만든다.

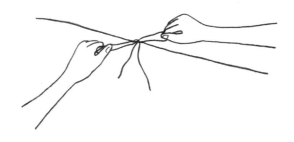

보호막이 제법 촘촘해지면
우리는 더 이상 사사로운 관계에 상처 받지 않지만

그만큼 누군가를 내 공간에 들이기도 어려워진다.

그럴 때 그 보호막에
적당한 틈을 내게 해 주는 건 좋은 친구들이다.

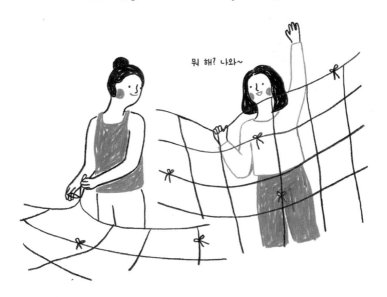

혼자와 함께 사이

∨

메시지가 안 오면 외롭고, 오면 귀찮다.

같이 있으면 금세 피곤해지고,
혼자 있으면 쉽게 외로워진다.

사회적 미소

혼자서 완전하지 않은,

그렇다고 함께일 수도 없는
그런 날들이 찾아진다.

감각의 임계점이 유독 낮은 사람이 있다. 이런 사람은 추위를 잘 탈 뿐만 아니라 더위도 잘 탄다. 외부 자극에 따라 감각의 상태가 금방 전환되는 것이다.

한편 감정의 임계점이 낮은 사람도 있다. 사람들과 같이 있을 때 쉽게 피로감을 느끼는데, 또 곁에 아무도 없으면 금세 외로워지곤 한다. 관계를 맺어 나갈 때 감정 상태가 이쪽 끝에서 저쪽 끝으로 넘어가는 한계점에 금방 도달하는 것이다. 그래서 혼자서는 완전하지 못하다고 느끼면서도 관계 속에 놓이는 것 역시 벅차다.

하지만 이런 변덕쟁이들에게도 친밀한 관계는 필요한 법. 이런 사람들이 관계를 지속해 나갈 때는 평행 놀이(유아의 놀이 형태 중 하나로, 다른 아동들 틈에서 놀기는 하지만 서로 접촉하거나 간섭하지 않고 혼자서 노는 것을 이른다)처럼 따로 또 같이 하는 시간이 필요하다. 적당히 거리를 둔 채 천천히 친밀감을 쌓아 가는 것이다. 이런 방식으로 사람들과 함께한다면 혼자만의 시간과 공간을 잃지 않으면서 동시에 소중한 사람을 놓지 않을 수 있을 것이다.

없으면 안 되는 사람은 없다

∨

사람마다 수용할 수 있는 관계의 한계치가 있어서

가득 찼을 때는 비워 줘야만 다시 채울 수 있다.

세상에 없으면 안 되는 사람은 없다.

나를 존중하지 않는 사람을 걸러 낼 수 있어야

그 자리에 더 좋은 사람이 들어올 수 있다.

비교적 자존감이 낮던 때에는 주위에 유독 나를 함부로 대하거나 존중하지 않는 사람이 많았다. 그때의 나는 그런 상황을 당연하게 생각하고 받아들였다. 여기까지는 그나마 양반이다. 자존감이 바닥을 칠 때의 나는 한술 더 떠서 그 모든 상황이 순전히 내 잘못이라고까지 여겼다. 내가 이기적이고 다른 사람을 위해 희생할 줄 모르기 때문에 그런 대접을 받는 것이라고 말이다(내가 희생하는 관계를 유지하고 싶어 하던 사람들에게 그렇게 가스라이팅을 당했기 때문이다).

당장은 허전할지라도 존중받지 못하는 기분이 들게 하는 사람은 떠나보내는 게 낫다. 허기가 무섭다고 맛없는 음식으로 배를 채울 필요는 없지 않은가. 나를 배려하지 않고 함부로 대하는 사람은 그와의 관계에 익숙해지기 전에 최대한 빠르게 거름망으로 걸러 내야 한다. 내가 희생해야만 유지되는 관계는 평등한 관계도, 의미 있는 관계도 아니다.

───────── 건강한 관계를 위한 ─────────
적당함의 기술
∨

나를 존중하지 않는 관계가 차지하고 있는 공간을 비우면 그로 인한 허전함이 오히려 더 좋은 사람을 만날 계기를 만들어 줄 것이다.

───────────────────────────

누군가가 마음에 들어오면

∨

누군가를 마음에 들이면

그 사람과 관련된 것들이 선택적으로 보이는
신기한 경험을 하게 된다.

비슷한 스타일의 행인을 봐도

웃는 모습이 비슷한 연예인을 봐도

비슷한 향이 스치기만 해도 그 사람이 보인다.

설렘만으로는 충분치 않을 때

⌄

이 사람 계속 만나도 될까?

뭐 어때.
당장 결혼하는 것도 아닌데.

나한테 너무 큰 기대를
하고 있는 것 같아서 부담스러워..
내가 그렇게 좋은 사람일까?

넌 좋은 사람 맞아.
하지만 그 마음을 매 순간
확인해야만 하는 상대라면
네가 힘들 것 같긴 해.

한번 정 주면
감당하기 어려울 것 같아서
시작도 못 하겠어. 좋은데 자꾸
생각이 많아지고 불안해...

아마..
불안을 상쇄시켜 줄 만큼
네 마음이 크지 않거나,

좋아하는 마음만으로는
안 된다는 걸
알아 버린 게 아닐까.

흠...

새로운 사람에게 마음을 여는 일이 점점 어려워진다. 나이 때문이라고 생각하고 싶지는 않지만 아마도 그런 것 같다. 물론 단순히 나이에 따른 숫자의 문제라고 생각진 않는다. 다만 그동안 몇 번이나 찍어 본 드라마라 그렇다. 상대가 대사 한두 마디만 읊어도 나는 이 미니시리즈의 결말을 멋대로 예측하고는 냉소적으로 변한다. 좋게 말하면 연륜이지만, 이런 과도한 지레짐작이 머릿속을 자꾸 어지럽힌다. 그래서 좋아하는 마음이 생겨도 설렘을 즐기기 전에 벌써 생각이 많아지고 불안해진다.

사람의 마음이란 적당한 선에서 멈추기 어렵다는 것, 한번 자라게 놔두면 손쓸 수 없이 커진다는 것을 이제는 경험으로 안다. 그래서일까. 내 마음을 감당할 자신이 없으니 겁이 나서 누구도 선뜻 믿기 어렵다.

새로운 관계를 시작할 용기를 내기에 설렘만으로는 충분치 않을 때, 삶의 무대 위에서 잠시 내려와 관객이 되어 보는 것은 어떨까. '이야기가 어떻게 흘러갈지 한번 지켜볼까' 하는 마음으로 내가 놓인 관계를 한 발자국 떨어져서 바라본다면 훨씬 더 흥미로운 시나리오가 펼쳐질지도 모른다.

인연은 어느 때에 다가오는 걸까
∨

우리가 혼자일 수밖에 없을 때는
대개 절대 혼자이고 싶지 않을 때다.

혼자 있고 싶지만
누군가 내 손을 필요로 할 때도 있다.

아이러니하게도 혼자가 되겠다고 결심하는 순간
비로소 혼자가 아니게 된다.

가장 중요한 건...
한 번쯤 마음을 다 쏟아 보는 것 같아.

그래야 나중엔
얼마만큼 쏟아야 할지 알게 되거든.

끝나 버린 관계가 남긴 것 중 유일하게 좋은 점은 적어도 그 경험치만큼은 어른이 된다는 것이다. 관계에 내 감정을 적당히 싣는 방법을 배웠기에 이제는 위험하리만치 마음을 온전히 쏟아붓지 않는다. 나부대는 마음을 어느 시점에 멈춰야 할지 온몸의 세포가 먼저 감지해 낸다.

어떤 사람을 만나더라도 그 과정에서 반복되는 고정 변수는 '나'이다. 여러 관계를 통해 다양한 모습의 나를 알아 가는 만큼 뭐라도 배우고 성장하기 마련이다. 마치 술을 마시면서 한두 번쯤 필름이 끊기는 혹독한 경험을 하고 나면 '한 잔 더 마시면 위험해지는 때'가 언제인지를 알게 되는 것처럼.

그러니 아직 마음을 다 쏟아 보지 않았다면 한 번쯤은 그래 봐도 되지 않을까. 모든 관계는 어떤 형태로든 반드시 교훈을 남기는 법이니까.

함께 보낸 세월에 너무 연연하지 않기로 했다

∨

언제부턴가 오랜 친구들의 일상에
관심이 줄어 간다.

나이를 먹어 가는 과정에서 생긴 변화일까.

공통의 관심사가 줄어 멀어지다 보니

오랜만에
연락해 볼까...?

다시 만나면 느껴지는 겉도는 대화.

...

왠지 모를 거리감과 공허함.

그 빈자리에 친구라는 명목의 의무감이 남는다.

알아서들 잘 지낼 거야...

됐어,
다음에 하지 뭐.

오래된 친구들을 자주 만나지 못하는 데에 불편한 감정을 종종 느낀다. 미안함일까? 아쉬움? 서운함? 설명하기 어려운 감정이다. 안타깝게도 그리움은 그중 하나가 아니라는 게 자꾸 마음에 걸린다. 물론 전혀 그립지 않은 것은 아니나 이 그리움은 지금의 우리보다는 지나간 시절에 대한 것에 가깝다.

세상은 오랜 인연을 소중히 하는 일을 미덕이라 하던데, 그런 면에서 인생 헛살았나 싶은 의구심을 거두기 어려울 때가 있다. 나이를 먹고, 저마다 사는 모습이 달라지면서 마음의 거리도 멀어지는 게 어찌 보면 당연한 일인데도 가끔 이유 모를 의무감이 마음을 짓누른다. 정기적으로 시간을 내어 만나려고는 한다. 하지만 만나고 돌아서면 전과 같지 않은 허전함, 회의감이 마음 한편에서 고개를 내민다. 만나야 할 사람은 많은데, 정작 만나고 싶은 사람이 별로 없다.

우정의 깊이가 꼭 흘러보낸 시간과 비례하는 것 같지는 않다. 옛 친구든 새 친구든 관계에 들인 시간, 함께 보낸 세월에 너무 연연하지 않기로 했다. 어떤 관계를 더 소중히 여길 것인지는 개인이 선택할 문제일 뿐이다. 되도록이면 즐거움을 온전히 공유할 수 있는 사람들을 더 많이 만나며 살고 싶다. 한 번 사는, 짧은 인생이니까.

우정이란 무엇인가.

평소 무관심하던 서로의 삶에 대해 이야기할 때

잘 지냈어?

이게 얼마 만이야~
얼굴 보기 힘들다, 야!

미혼

기혼

폭풍 리액션을 하며 동조해 주고

오구오구
그새 많이 컸네~

어휴.
야, 말도 마~ 글쎄...

친구가 사랑하는 존재가
무조건 예쁘다고 말해 주는 것.

우리 냥이 좀 봐!

완전 귀여워~~!

사람에게는 늘 사람이 필요해

∨

혼자서 뭐든지 잘 해내고 독립심이 강한 사람이니까

내가 사라져도 아무렇지 않을 것 같았다.

단지 누군가의 부재로부터 자신을 보호하려던 거였구나.

사실은 너도 내가 필요했구나.

독립심이 꽤 강해 보이는 친구가 있었다. 오래 알고 지냈는데도 그와 깊게 친밀하다는 느낌을 받지 못했다. 자기 고민을 먼저 꺼내지도 않고, 도움을 요청하는 일도 별로 없었기 때문이다. 뭐든지 혼자 잘 해내는 사람이라 그 친구에게는 내가 그다지 필요하지 않을 거라고 생각했다.

그런 사람도 나이를 먹어 감에 따라 변하기 마련인지 언젠가부터 우리는 전에 없던 고민과 감정을 나누기 시작했다. 그러면서 사실은 그도 누군가에게 의존하고 싶어 했다는 걸 알게 되었다. 언제 멀어질지 모르는 관계 안에서 혼자 단단해지려고 애써 왔다는 것도.

한편 그 관계에서 새로운 친밀감을 느끼게 되자 내가 상대에게 별 영향을 끼치지 않는다고 생각했던 그동안에 비해 두려움이 훨씬 늘었다. 내가 누군가에게 영향을 미친다는 느낌은 존재로서의 책임감을 갖게 한다.

생명이 있는 무언가를 기르는 사람들이 삶의 방향에 대해서 고민할지언정 왜 자신이 존재해야 하는지에 대해서는 별스러운 의문 없이 삶을 이어 나가는 것처럼 보이는지 처음으로 알 것 같았다. 책임감은 자신의 존재를 유지하는 끈이 되어 주기 때문이다. 우울증이 있는 사람에게 식물이나 동물을 기르라고 권유하는 이유도 비슷한 이치일 것이다.

사람이 살아가며 내가 아닌 다른 존재에 영향을 미친다는 건 곧 생명력과도 같다. 그렇게 우리는 모르는 새에 서로에게 의존하며 살아가고 있다. 사람에게는 늘 사람이 필요하다.

서로의 삶에서 한 걸음씩 떨어져서

진짜 사랑은 상대를 아낀다는 이유로
모든 것을 파악하려는 것도 아니고

보호해 준다는 이유로
모든 일을 다 대신해 주는 것도 아니고

또 뭘 배우러 간다고?

휴일이니까 같이
시간 보낼 줄 알았어...

그저 상대에게 무언가
부채감을 안겨 주지 않는 일인지 모른다.

자신을 위해 하고 싶은 걸 할 때

서로에게 미안하지 않도록.

진짜 사랑은 그런 걸지 모른다.

사랑을 하다 보면 무언가를 '주는' 데 더 마음을 쓰게 된다. 사랑하는 만큼 서로를 배려해 주고, 걱정해 주고, 아껴 주고, 보호해 주고 싶으니 말이다.

관계에서 그 '주는' 행위 뒤에 따르는 보상심리를 항상 조심해야 한다. 내가 사랑을 준 만큼 무언가를 돌려받고 싶은 마음은 상대방의 삶을 일정 지분 소유할 수 있다는 착각으로 이어질 수 있기 때문이다. 그 마음을 알아챈 상대방은 자신이 받은 사랑을 언젠가 돌려주어야만 한다는 부채감을 지속적으로 느끼게 될 것이다.

'나한테 그렇게 잘해 준 사람인데', '나를 위해 그동안 희생한 사람인데' 같은 생각은 내 선택보다 상대방의 기분을 우선시하도록 만든다. 그래서 상대가 적극적으로 찬성하지 않는 일에는 결정을 주저하거나, 내 인생을 위한 선택에조차 확신을 갖지 못하고 이유 모를 압박감을 느끼며 눈치를 보게 된다. 그러다 결국은 상대가 동의하지 않을 것 같은 일은 시도도 해 보지 않고 포기하기도 한다.

사랑하는 사람의 인생과 선택을 오직 내가 원하는 방향으로 이끌기 위해 은근한 부채감을 심어 주며 상대를 조종하는 것. 그건 사랑이 아니다. 너무 많은 것을 주려고 하기보다 서로의 삶에서 한 걸음씩 떨어져 자신에게 더 집중한다면 건강한 관계를 만드는 데 도움이 될 것이다.

적당함의 기술

∨

주는 사랑이 의미를 갖기 위해서는, 반드시 서로의 삶에 대한 존중이 전제되어야 한다. 건강한 사랑을 위한 가장 기본적인 요소이자 첫걸음은 바로 존중임을 잊지 말자.

시간이 지나도 시시해지지 않는 것

⌄

시간이 지나도 시시해지지 않는 건
의외로 대단치 않은 순간들이다.

나만 아는 특유의 표정이나 사소한 버릇,

따스하게 느껴지던 지극히 작은 순간들.

시간이 지나 기억은 희미할지언정

그 순간의 감정만큼은 진짜였다는 걸 알기에.

관계를 행복의 도구로 삼지 않기

∨

타인의 존재는 그 자체로는
행복의 절대적 열쇠가 될 수 없다.

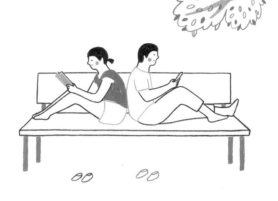

좋은 가족, 좋은 애인,
좋은 친구는 그걸 도울 뿐.

사람은 자기가 행복하기로
마음먹은 만큼만 행복해질 수 있다.

사람 몸의 70퍼센트는 물이다. 그럼 나머지 30퍼센트는 무엇일까? 내 경우에는 불안이 그 자리를 차지하는 것 같다. 워낙 불안 지수가 높은 성격이라서 내가 느끼는 갖가지 불안감을 솔직하게 공유할 수 있는 관계가 무엇보다 소중하다.

그런 친구들과 여러 이유로 멀어지기 시작할 때, 처음에는 단지 그 빈자리 때문에 쓸쓸한 줄 알았다. 그런데 문득 돌아보니 나는 친구들과 함께일 때도 종종, 자주 외로웠다. 많은 사람들 속에 둘러싸여 있을 때나 애인과 있을 때, 심지어 가장 친밀한 관계인 가족과 있을 때조차 쓸쓸함을 느끼는 사람이라는 것을 깨달았다. 사람들과 함께하면서도 외로움을 느껴 본 사람, 혹은 오히려 혼자일 때보다 더 외로웠던 사람이라면 그 마음을 이해할 것이다.

뒤집어 보면 어떤 사람의 부재나 존재 자체가 내 행복에 큰 영향을 미치기 어렵다는 결론이 난다. 곰곰이 생각해 보니 내가 느낀 건 사람의 부재로 인한 쓸쓸함이 아니었다. 가장 중요한 감정(내 경우에는 불안이지만 사람마다 다를 것이다)이나 가치를 공유하며 느껴 온 안정감이 사라지는 것에 대한 두려움이었던 것 같다.

누군가와 함께한다는 건 분명 심리적인 안정감을 주는 일이다. 하지만 그게 반드시 개인의 마음속 깊게 자리한 결핍까지 채워 줄 거라고 기대하기는 어렵다. 그럼에도 사회적 동물인 우리에게는 사람 간의 교감과 공감만이 줄 수 있는 안정감이 꼭 필요하다.

나의 행복은 오롯이 나만이 책임질 수 있는 영역이다. 그러나 행복은 다양한 형태의 관계 속에서 더 잘 이뤄 나갈 수 있다. 이 사실을 안다면 사랑하는 이들과 조금 더 만족스럽게 공존할 수 있을 것이다.

음식의 맛이나 바람 냄새 같은 것들

⌄

언젠가 아주 맛있는 음식을 먹었던 기억이 났는데

곰곰이 생각해 보니 아주 좋은 사람과 먹은 거였더라.

우리의 기억은 감각에 의존적이라서

음식의 맛이나 바람 냄새
같은 것들이 한 시절을 떠오르게 한다.

저랑 진짜 똑같아요

∨

와, 우리 진짜 닮았다!　　　　글쎄... 그런가?

우리는 모두 좋아하는 사람과의 공통점 찾기 선수들이다.

와, 우리 진짜 닮았다!　　　　글쎄...

사실은 공통점보다 다른 점이 더 많을 텐데도.

난 동그라미랑 더 닮았어.
우린 거의 소울메이트야.

아마 '저랑 정말 똑같네요!'의 진짜 의미는

'당신과 더 많은 것을 공유하고 싶어요'가 아닐까.

우리는 항상
같은 시간을 공유하거든.

영화 〈500일의 썸머〉에서 주인공 톰은 직장 동료 썸머에게 관심을 가진다. 그러다가 그녀가 자신과 같은 뮤지션의 음악을 좋아한다는 사실 하나만으로 운명적인 사랑을 할 것이라는 일방적인 믿음을 갖는다. 이때 톰의 여동생이 조언한다.

"예쁜 여자가 오빠랑 같은 취향을 가졌다고 해서 그 여자가 오빠의 운명인 건 아니야."

좋아하는 사람과의 사소한 공통점에 큰 의미를 두는 것은 그 사람과 무언가를 공유하고 싶은 마음에 기인하지 않을까. 코드가 잘 맞는다거나 케미가 좋다는 생각도 한쪽의 일방적인 바람일 뿐인 경우가 많다. 사람들이 믿고 싶어 하는 '소울메이트'의 존재도 다소 건조한 시선으로 보자면 추상적이고 환상적인 관념일 뿐이다. '잘 맞는다'는 말은 실은 '제가 당신에게 호감이 있어요. 그러니 서로 다른 점조차도 같이 맞춰 가고 싶어요'의 다른 표현이 아닐까.

이렇게 좋아하는 상대와는 비슷한 부분을 찾으려 애쓰는 반면에 싫어하는 사람과는 다른 구석을 찾느라 혈안이 된다. 그래서 한두 가지 공통점 정도는 가볍게 무시하거나 강하게 부정하기도 한다. 이처럼 타인과 나 사이의 공통점이나 차이점을 판단하는 기준은 호감도에 따라 확연히 달라지는 것 같다.

그러니 누군가와 나의 다른 점이 자꾸 눈에 들어온다면 '아, 나는 저 사람이 불편하구나' 정도로 해석하고 적당히 거리를 두는 게 좋다. 반대로 나와 많은 면에서 비슷해 보이는 사람을 만난다면 과도하게 의미를 부여하기 전에 내 안의 샘솟는 호감을 인정하는 게 먼저다.

운명의 상대인지 아닌지 고민하느라 타이밍을 놓치지 말고 당신의 진심을 전할 수 있기를 바란다.

밥보다 중요한 게 얼마나 많은데

∨

사람은 누구나 스스로가 느끼는 결핍의 지점을

왜 그래? 무슨 일 있어?

아니야.. 그냥 혼자 있고 싶어요.

타인에게도 적용하는 경향이 있어서

밥은 먹어야지~

안 먹는다니까~
한 끼 굶는다고 안 죽어.
나 좀 내버려 둬..

정작 상대에게 진짜 필요한 게 무엇인지
알지 못할 때가 많다.

알고 보면 서로가 같은 마음인데

전하는 방법은 왜 이리 어렵기만 한 걸까.

밥은 먹고 다니는지 확인하는 것으로 친구에게 안부를 묻고, 언제 한번 같이 밥이나 먹자며 다음을 기약하는 '밥인사'를 나눈다. 그런 인삿말이 익숙하긴 하지만 그렇다고 진심으로 누군가의 끼니를 걱정해 본 적은 없다. 아마 진짜 알고 싶어서 나에게 밥을 먹었는지 묻는 것도 우리 부모님뿐일 거다.

사람은 자신이 성장하면서 결핍되었던 것을 사랑하는 사람에게 주려고 하는 경향이 있다고 한다. 배고픈 시기를 겪어 본 세대에게는 끼니를 챙기는 것이 젊은 세대에게보다 좀 더 중요했기 때문일까. 밥 한 그릇보다 그저 있는 그대로 인정해 주는 공감의 말 한마디를, 대단한 반찬보다는 조용히 안아 주기를 바라곤 하지만 그렇지 못할 때가 종종 있다. 나에게는 세상에 끼니보다 훨씬 중요한 일들이 많은데.

사람에게는 각기 다른 결핍의 지점이 있다. 성취감이 고픈 누군가, 인정이 고픈 누군가, 애정이 고픈 누군가…. 그런데 모두가 자신이 가진 결핍의 렌즈로 타인의 상황을 바라보니 초점이 엇나간 위로나 조언을 전하기도 한다.

그러나 그건 자신의 결핍을 똑바로 인지하고 살아가야 하기에 나타나는 지극히 자연스러운 모습이다. 누구나 자신의 경험이 만든 렌즈를 통해 세상을 이해할 수밖에 없다. 다만 이따금 사랑하는 사람들의 시선에 맺힌 조금은 다른 관점의 세상에 마음을 내어 주면 좋겠다. 그렇게 또 다른 사랑의 방법을 배워 나갈 수 있지 않을까.

의미 없는 인맥의 무게 덜어 내기
∨

의미 없고 형식적인 관계를
더 이상은 애써 유지하고 싶지 않다.

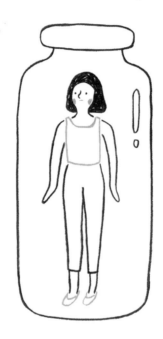

'사람 일은 어떻게 될지 모르니까'

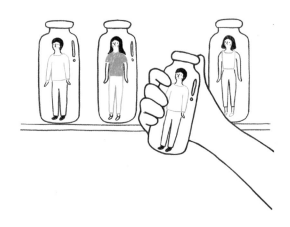

'언젠가 나도 도움이 필요할지 모르니까'
같은 이유들로 묶여 있는

그런 관계의 무게를 덜어 내기로 했다.

중요한 건 바로 지금
내 옆에 있는 사람들이란 걸 알았으니까.

친하게 지냈는데 어느 순간 자연스럽게 멀어져 버린 관계가 있다. 학교를 떠나 각자 삶의 자리에서 최선을 다하며 지내다가도 이따금씩 만나 추억을 공유할 수 있는 친구가 있는가 하면, 사회인이 되고 가정을 꾸리고 나서는 연락이 뚝 끊긴 이들도 있다. 그럴 땐 마치 그들의 삶에서 내가 지워진 것만 같아서 서글퍼진다.

특히 사회 초년기와 소위 결혼 적령기라는 시기를 지나면서 관계에 대한 회의감에 몸서리치던 때가 있었다. 경사를 앞둔 시기에만 노골적이고 의미 없는 연락을 해 오는 사람들에게 염증을 느꼈기 때문이다. 취직이나 이직, 결혼, 출산 같은 이벤트를 기점으로 관계가 재정립될 때마다 이제까지 알고 지내던 사람들을 하나둘 체에 거르며 의미 없는 인맥의 무게를 덜어 나갔다.

필요한 시기에 기가 막힌 타이밍으로 나타나 주는 사람이 평생의 인연이라는 말이 있다. 친구 관계도 그렇다. 내 인생에 시의적절하게 나타나 서로의 소소한 일상을 나눌 수 있다면 그것 말고 무엇이 더 필요할까.

한정된 시간과 에너지 안에서 나 한 사람이 감당할 수 있는 친밀한 관계의 총량은 제한적일 수밖에 없다. 우리는 그저 생애

주기에 따른 관계의 변화를 담담히 받아들이려고 애쓰는 한편, 지금 내 옆에 있는 사람들에게 진심 어린 애정을 쏟을 수 있을 뿐이다.

짧지만 가볍지 않은 진심

∨

사랑을 하기 전에 꼭 알아야 할 것은

생각보다 많은 사람들이 지키지 못할 약속과 함께
사랑을 말한다는 것이다.

항상 옆에 있을게.   기다릴게.

그리고 또 한 가지 알아야 할 건

그 모든 이야기들은 그 순간만큼은 진심이라는 것.

마음을 전부 꺼내어 보여 줄 수 없어
말로 대신하는 그런 진심.

서로의 세계를 넓혀 가는 일

학창 시절에 본 영화 〈헤드윅〉 속 뮤직비디오(Origin of Love, 태초의 인간은 머리 두 개, 두 쌍의 팔과 다리를 가진 모습이었는데 신이 둘로 나누어 지금의 모습이 되었고, 두 인간이 만나 서로 사랑하고 고통을 공유함으로써 온전한 하나가 된다는 내용이다)의 의미를 잘못 해석한 탓에 '친밀함'에 대해 오랫동안 오해를 했다. 즉 다른 사람과 친밀해진다는 건, 현재의 고정된 내 삶에 누군가가 들어오는 일방적인 일이라고 생각한 것이다. 내 안의 자리 반을 내어 주어야 하며, 모든 것이 변하는 굉장히 두려운 일이라고.

우리는 모두 자신만의 우주를 가지고 있고 그 안에는 각자의 취향, 가치관, 성격, 외양, 습관 등의 여러 행성이 부유한다. 그래서 나의 세계와 타인의 세계가 만날 때는 반드시 크고 작은 충돌이 일어난다. 분명 고통스러운 과정이다. 하지만 덕분에 타인과의 교류를 통해 혼자라면 하지 못했을 새로운 경험을 하고, 교집합을 발견하며 공감하고, 서로 다른 점을 수용해 나갈 수 있다. 그리고 딱 그 깊이만큼 나의 감정과 생각의 지평이 넓어진다.

얼마 전 수관 기피(Crown Shyness)라는 현상을 알게 됐다. 비슷한 수종의 나무가 함께 있을 때 각자의 가지가 서로 닿지 않고 자라 그 사이에 약간의 공간을 남기는 것을 말한다. 상대 나무가 불편하지 않게 일정한 거리를 유지하고 배려하며 동반 성장하는 이 현상의 원인은 아직도 정확히 밝혀지지 않았다고 한다.

침범하지 않으면서 연결된 이 식물들을 보며 공존의 의미를 배운다. 함께 서로의 세계를 넓혀 나가는 아름다움에 대해.

부러진 마음 한 조각 나눌 사람

∨

언제나 우리에게 필요한 것은

완전한 하나가 아닌

부러진 마음 한 조각을 집어 들고

함께해 줄 누군가.

전업 프리랜서로 지내기 전 미술 강사로 일할 때의 일이다. 반드시 무지개색 순서대로만 색연필을 정리하는 아이가 있었다. 색칠하다 칠이 밑그림 선 밖으로 삐져나오거나 미술 도구가 부러지기라도 하면 불같이 화를 내고 울음을 멈추지 못했다. 꼭 어린 시절의 나를 보는 것 같아서 더 애착이 갔다. 그 불안과 강박적 성향이 삶에 걸림돌이 되지 않았으면 해서 더 잘 가르치고 싶었다.

그렇게 여러 해를 같이 보내자 점차 아이는 속상할 만한 상황에서 먼저 내게 괜찮다는 표현을 하기 시작했다. 어느 날은 열심히 색칠을 하다가 파스텔이 두 동강 났는데, 아이가 내게 이렇게 말했다.

"괜찮아요. 부러지면 두 개가 되니까 더 좋잖아요! 둘이 같이 칠할 수도 있고요!"

때로는 온전함을 주려는 사람보다 부러진 마음을 나눌 수 있는 사람이 더 위로가 된다. 우리에게 정말 필요한 건 그런 마음일지 모른다.